公元787年,唐封疆大吏马总集诸子精华,编著成《意林》一书6卷,流传至今
意林:始于公元787年,距今1200余年

知味识爱 人间清欢

吃吃的爱

《意林》编辑部 编

吉林摄影出版社
·长春·

图书在版编目（CIP）数据

吃吃的爱 /《意林》编辑部编. -- 长春：吉林摄影出版社，2018.5
（意林至味）
ISBN 978-7-5498-3566-9

Ⅰ.①吃… Ⅱ.①意… Ⅲ.①故事－作品集－中国－当代 Ⅳ.①I247.81

中国版本图书馆CIP数据核字(2018)第080456号

吃吃的爱
CHI CHI DE AI

项目出品	意林至味
出版人	孙洪军
主　编	顾　平　杜普洲
责任编辑	施　岚　胡晓路
总策划	蔡　燕
丛书统筹	邓志娟
策划编辑	邓志娟　王　爽
执行编辑	王　爽
设计总监	资　源
美术编辑	孔凡雷　杨　倩
封面设计	辽原工作室
封面绘图	viv1 姑娘
发行总监	王俊杰
开　本	880mm×1230mm 1/32
字　数	200 千字
印　张	8
版　次	2018 年 5 月第 1 版
印　次	2018 年 5 月第 1 次印刷

出　版	吉林摄影出版社
发　行	吉林摄影出版社
地　址	长春市泰来街 1825 号
	邮　编　130062
电　话	总编办　0431-86012616
	发行科　0431-86012602
网　址	www.jlsycbs.net
经　销	全国各地新华书店
印　刷	三河市宏图印务有限公司
书　号	ISBN 978-7-5498-3566-9　　定价：32.80 元

版权所有　翻印必究
如发现印装质量问题，请与承印厂联系退换

吃吃的爱
CONTENTS
目录

第一章 吃下去，笑出来

002	一小时吃两顿饭/爱瞬间恋千年
005	我们都曾经渴望爱情是一场盛宴/张小娴
008	蛋糕女孩的心事/刘小念
013	吃着，爱着，温暖着/伊北
015	红豆饭团藏相思/苏丽珍
018	民国太太的厨房/李舒
021	第三者螃蟹/椰水清凉
025	余味/李月亮
028	喜欢一个人，就是给他投喂好吃的/衣锦夜行的燕公子
031	爱做饭的姑娘运气总不会太差/慕容素衣
034	神秘甜品店/莫昕金
037	芥末之恋/黄昉苊
040	这世上我最喜欢的地方就是厨房/鹿鹿安

第二章 唯有乡愁暖人胃

- 044　妈妈不教拿手菜/曾颖
- 047　6岁女儿煮在一碗面里的爱/佟才录
- 049　韭菜饺　父母心/徐立新
- 051　我为白菜狂的日子/莫言
- 056　27瓶黄泥咸鸭蛋/张秀芝
- 058　偷一顿晚饭/柏邦妮
- 060　北方有盛宴/吴惠子
- 065　煲汤的人最温柔/Windy Ye
- 068　外婆的荞麦冷面/大姜仔
- 071　鸡汤乃百搭神物/张佳玮
- 074　牛骨头/张玉清
- 079　梦里掉下红烧肉/虹影
- 082　魂牵梦绕的好滋味/朱天衣

第三章 我懂你的人间滋味

- 086　饭桌上识人/于肥
- 088　老板尝剩菜/翟杰
- 090　吃菜见性情/陈鲁民
- 092　吃食与夺冠/陈鲁民
- 095　大师也是大吃货/张光芒
- 097　美食凝聚力/流沙
- 100　你吃故我爱/蔡澜
- 103　吃出来的锦绣前程/晏建怀
- 105　一个人吃饭的信仰/郑静
- 108　吃饭这事，显人品/老猫
- 111　卖茴香卷的人生赢家/尤今
- 114　忽必烈也是个美食家/小馋
- 117　美食与美文/陈鲁民
- 120　一位美食家的野味烹饪冒险之旅　　　／［美］海明威　译/佚名

第四章 有风吹过厨房

- 126　声色犬马蛋炒饭/伍后正
- 128　牛排，牛排/［日］村上春树　译/林少华
- 131　美哉吃蟹/张佳玮
- 134　傍林鲜/周华诚
- 137　九味杂陈魅羊汤/胡展奋
- 140　南京的鸭子/黎戈
- 143　来，打个蛋/殳俏
- 146　墨鱼大烤/食家饭
- 148　活色生香豆腐皮/二毛
- 151　尝尝四大美女/谭汝为
- 153　慢的食物/鱼小玄
- 156　炒的不是饭，是艺术/蔡澜
- 159　偷饭的小贼们/唐小为

第五章 囿于厨房与爱

- 164　酿心/句芒
- 166　梦遥：从"吃货"到"吃主"/梦遥、西梅
- 169　谷歌公司的中国大厨/飞翔
- 173　在新加坡吃拉面/李金鹏
- 175　虔诚的吃货最后都成了大厨/林以昼
- 178　吴雪晴：我用味蕾掘金/阿丽
- 181　极品吃货秘籍/阿卡纳
- 184　面王/崔丙军
- 187　神户牛肉/蔡澜
- 190　粉干老太/周华诚
- 193　寿司之神/蕭子坞主人
- 196　秀色可餐/春晓

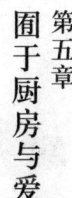 

	198	温度决定味道/杜式菊
	201	两千元一碗牛肉面/冯仑
	204	再焖5分钟/海梦

第六章 何人问我粥可温

206	京城名校饭堂那些事/沈佳音
210	西餐的灵魂/庄玲
213	吃货的中国/流放者归来
216	舌尖上的小清新/胡成瑶
219	《金瓶梅》饮食谱/小宝
221	帝王的舌尖革命/老猫
223	一饭之恩/梁文道
225	趁你还吃得下一切的时候/张佳玮
228	少吃多滋味/喵小姐
231	醋缸里的中国/许石林
234	食在他乡，面目全非/张佳玮
237	人参的尖叫/梁文道
240	吃在少年时/莫言
242	杀馋/董改正
244	你是你吃的东西造出来的/蔡澜

吃下去，笑出来

一小时吃两顿饭

◇爱瞬间恋千年

女人发现男人最近有点儿不对劲儿。以前下班他都准时回家，可最近男人每天回家都很晚，问他干什么去了，他总说加班。最初女人还相信，可哪有突然天天加班的道理。更让她不放心的是，以前男人最喜欢吃她做的饭，每顿都要吃两大碗，可现在只能勉强地吃一碗，脸上的神色也不像以前那样开朗。都说抓住男人的心要先抓住他的胃，他的胃已经开始背叛她了。

莫非，眼前这个40岁的男人，当真要做"一枝花"了？女人看看镜中的自己，38岁了，眼角的皱纹，腰上的"救生圈"，一样都不少，太不安全了。周末，男人又说加班，早早便走了，女人站在客厅里，呆呆地想了半天，过了一会儿，她抓起电话拨到男人的办公室，却始终没人接听。

女人开始留意，短信、邮件、衣领、袖口，包括钱夹里的照片，一切正常。女人的心里越发没底了，现在的男人心机很深，能

第一章 吃下去，笑出来

把各种蛛丝马迹消除得一干二净，如果等到突然摊牌的那一天，自己可怎么办？

女人翻来覆去，思前想后，十几年的夫妻了，怎么走到了这一步？她不甘心，她要见识一下，男人每天下班究竟会了什么样的情人。

女人找出一件很久没穿的大外套，再在头上裹了块纱巾，守在男人的单位门口，看着下班的人陆陆续续地出来。终于，自己的男人低着头出来了。他果然没回家，而是去了相反的方向。女人的心开始狂跳，嘴里变得苦苦的，躲躲闪闪地跟在后面。男人径直去了菜市场，女人感到很奇怪，婚后，男人从没买过菜，没下过厨房，现在怎么亲自买菜了？她开始愤愤然：十几年来都是我伺候他，现在，为了小情人，他居然亲自下厨了！

男人拎着菜继续向前走，女人愤怒地跟在后面。拐过一条小巷，男人径直进了一个小区，熟门熟路地走进一个单元。女人停下脚步，站在一处阴影里。她认识这里，这是公婆住的地方。当初她和他结婚，婆婆不同意。婚后，她提出：无论如何也不和公婆住在一起。于是，十几年来就这么各住各的，只有逢年过节她才来看看，走形式一样带几袋礼品，略坐一下便走。年初，公公去世了，只剩下婆婆一个人，七十几岁的年纪，很孤单。男人曾说想把母亲接回来同住，她坚决反对，当年婆婆的阻挠太让她伤心，她决不能容忍那样一个刻薄的婆婆生活在自己家里。

楼上的厨房有灯亮起，她往后退了退，站在一棵树下仰头望去，分明看到她的男人正在炒菜，而婆婆颤巍巍地在旁边打下手。她的眼睛忽然湿了。这个男人，为了母亲的自尊，为了她的任性，自己承担了双重的委屈。难怪他吃得少，他是在这里吃过饭后才回

家的，间隔不到一个小时，再陪她吃一顿。她蹑手蹑脚地离开，虽然离得很远，但还是怕被发现。

男人回来了，她故意盛了满满的一大碗饭递给他。男人皱了一下眉，但还是接了过去。她的泪忍不住落下来："你别装了，也不怕撑坏了。"男人一愣，抬头看她。她递过去一碗汤，自顾自地说："我全看见了。你天天晚上去陪妈吃饭，是吧？"男人有些尴尬，终于还是实话实说："妈今年76岁了，一个人太孤单。我只好每天晚上过去陪她吃一碗饭，再聊聊天。我说你工作太忙，不然也过去陪她。妈对以前的事很过意不去……"男人的眼圈红了。女人捧起他的脸，用自己的额头抵住男人的额头，轻声说："别两头跑了，明天把妈接来吧。"

我们都曾经渴望爱情是一场盛宴

◇张小娴

我吃过的最奢华的早餐,是某年在泰国普吉岛海边餐厅的一只龙虾和巴黎五星级酒店的法国香槟跟一大盒手工巧克力,味道早已忘记,只是多年以后还是觉得一大早这么吃有点儿任性;这任性,也因为年轻。假若这就是我在世上的最后一餐,我可不愿意。有些滋味,当时美好,后来却只是回忆里的某个早上。几年前读过一本充满情味的书,作者访问了多位世界级名厨,每个人收到的问题是一样的:假使这是你的最后晚餐,你想吃什么?在哪里吃?跟谁吃?结果,大部分名厨想吃的东西寻常至极,想喝的酒也不是天价的红酒,而是一瓶用来欢庆的香槟。他们大半生在高高挂着米其林星星的华丽餐厅里埋头苦干,一双巧手做出一道又一道宛如魔幻般的美食,最后的晚餐,却希望在家里吃,想和家人吃,也不介意厨艺跟他没法比的另一半下厨,答案出人意表,却也温暖动人。

到了人生的最后一餐,你想吃什么?喝什么?谁陪你吃?或者

说，有谁会陪你吃？人一辈子吃那么多东西，早就消化掉，仍暖暖地留在胃里的，终归不是什么珍馐美味，而是最长情的陪伴。

爱情就像吃饭，年轻时吃香喝辣，恃着有大把青春消耗身上的脂肪，常常不知节制。后来开始变得讲究，只挑好的吃。年纪不轻了，胃口也没那么好，追求的是健康，渐渐爱上青菜豆腐和五谷杂粮，明白唯有这些味道可以一直吃下去。这吃的，就是人生。

找一个爱的人，就是找那个余生也会陪你吃饭的人，夏天分着吃一杯刨冰，冬天一起吃火锅。他肯陪你吃你喜欢的，你也陪他；两个人都爱吃的，他总是让给你；好吃的，你总想留给他。不必两个人都爱吃鸡腿，你喜欢啃鸡腿，他喜欢啃鸡背上的肉，也是一种契合。你会笑着质问他什么时候偷偷吃掉了你藏起来的巧克力，他下班后会特地绕路去买一块你喜欢吃的蛋糕带回家给你。爱情怎么离得开肚子？又怎么脱离得了口腹肠胃？缘尽了，就是从今以后不再一起吃饭了，坐在我餐桌边的，不再是你。

我们都曾经渴望爱情是一场盛宴，最后想要的是一家子的寻常晚饭。

美酒佳肴固然好，天天吃却会吃坏肚皮，就像激情无法长久，痴心也有用完的一天。西红柿炒蛋、凉拌苦瓜、包子面条、清粥小吃、萝卜煮鱼，才是百吃不厌的隽永滋味。漫长的相守，总是离不开吃的回忆：某年秋天在路边小店吃的豆浆蛋饼、分着吃的蓝莓冰激凌和一碗漂着油花的热腾腾的汤面、异国旅途上一盘刚烤好的香软的牛角面包……所有这些记忆的味道，总有一些长留心上。人间烟火，饮食男女，琐碎如斯，却也是活着的味道。生活可以没有爱情，爱情却是要去过生活的。

流年似水，只想每年都跟你吃年夜饭，然后抱着暖洋洋的肚子走在烟火灿烂的除夕里，走在明天的第一道晨光里，走在每个雪花纷飞的星夜里，和你看尽人间春色，尝过四时之味，直到味蕾都老了，渐渐领略人生的况味。又一年了，看出了时间的匆促，才更加明白爱情与人生的聚散。肚子的温暖，也是人世的温暖，红尘做伴，形影相依，在世间的无常聚散里始终有你，甜酸苦辣麻咸香，相濡以沫，你是最好也最熟悉的味道。

今天想吃什么？明天呢？

情爱的第一口滋味，也许并没那么好，却永远记得。最后一口滋味，来不及遗忘，留在唇边，化作一朵微笑。花开了，也有花落的一天。花开的时候，你看到青春；花谢的时候，你看出了虚空。生灭有时，聚散有时，最长情的晚饭也有离席的一刻，挽歌已经唱起来了，光阴的小鸟仓皇飞落在秃秃的枝头上，枯叶惊飞，杯盘狼藉，啼啭如同告别。我们一起老在自家的餐桌边就好。

蛋糕女孩的心事

◇刘小念

和金三顺一样,侃侃胖胖的,而且很会做蛋糕。可惜侃侃的"玄彬"心里牢牢地住着漂亮的"金熙珍"。他只顾追逐着一道飞驰而过的风景,却对侃侃说:"你没恋爱过,不懂……"

1

侃侃初到广州时,广东话一个字也听不懂。广州的姑娘又高又瘦,她一个北方妞,仿佛是闯入地球的火星人。侃侃最终决定留在"爱不爱"蛋糕店里打工,是因为那个不讲广东话的老板兼蛋糕师阿泽。

那天阿泽看着她笑,很温暖的笑容,下一秒钟,侃侃就决定留在这儿。

阿泽说:"好啊!不过,我这里生意不怎么好,工资不会太高哦!"

接下来侃侃用了一个小时,做了一款漂亮的黑森林蛋糕。阿泽说它应该有一个属于它的名字,侃侃觉得起名字这种事情根本就是穷浪漫,食客吃的是蛋糕,又不是吃名字。阿泽笑道:"你不了解食客的心理,这款蛋糕就叫迟歌吧,迟到的歌。"

侃侃想男孩子文艺起来真是比女生还要甚,可是,接下来不到五分钟,这款被命名为"迟歌"的蛋糕就被一个漂亮女生买走了。而且那个漂亮女生对阿泽说:"我可不可以再订一个,明天来取?"

侃侃看着阿泽面红耳赤地点头,犹如初涉爱河的少年。

漂亮女生叫林迟歌,和侃侃做的那款蛋糕撞名了,阿泽说这就是缘分。

林迟歌已经连着半个月来买"迟歌"了,阿泽总喜欢在侃侃做蛋糕时和她聊林迟歌,他对她好奇得要死。每每这时,侃侃的心就像潮湿的阴雨天,湿漉漉地难过,难过的侃侃说话总是不好听,每次看到林迟歌准时走进"爱不爱",她都想一秒钟就变身热播剧《甄嬛传》里的华妃娘娘,冲林迟歌大声说:"贱人就是矫情,想勾引阿泽就直说,本宫最见不得你这副狐媚样!"

2

侃侃是在半个月后第一次和林迟歌说话的。那天侃侃接到林迟歌的外卖电话。

林迟歌住的小区像一座森林里的城堡,侃侃穿过一座人工假山,又走过一片树林,才来到林迟歌所在的单元楼。她敲开门,林迟歌披头散发地出来,样子很像女鬼,一点儿也不像仙女。林迟歌

说了声"谢谢",就递给侃侃一百元,随后把门"砰"一声带上了。侃侃自言自语地说:"林小姐,还要找你二十元。"显然,这句话她是听不到的,因为房间里已经传来一男一女的吵架声,接着是摔东西的声音。侃侃默默地将二十元钱塞进门缝。

回到店里,阿泽兴奋地举着手中的报纸对侃侃说:"毛侃侃,你快来看,林迟歌上报纸了。"

侃侃看到的是报纸上一大版关于林迟歌的介绍,原来她是一名职业模特儿。

阿泽快把报纸都给翻烂了,他说:"毛侃侃,你说我要不要去学摄影?"

侃侃没好气地说:"人家有男朋友啦!"

接着侃侃告诉了阿泽她今天见到的画面,当然那个男朋友是她想象出来的,可是为了让阿泽死心,她必须这么说!

3

阿泽怎么都不敢相信,侃侃一夜间竟和林迟歌成了好朋友。

林迟歌是为小费来的,那二十元钱是她给侃侃的小费,她没有想到侃侃不但不要,还把钱塞了回去。林迟歌觉得,像侃侃这样朴实的女孩子实在是太少了,她想和侃侃成为朋友。

林迟歌成了侃侃和阿泽的朋友,她没有活儿的时候,就会来"爱不爱"。由于职业的要求,她从来不敢吃甜食,特别是奶油蛋糕。之前每天来买蛋糕是给男朋友吃的,只因为那款蛋糕的名字叫"迟歌",林迟歌像个小女生一样对侃侃说:"我只想他在吃蛋糕时想到我!"

林迟歌又说:"我们分手了,他骗了我,他是有女朋友的。"

于是，阿泽和侃侃就轮流陪着林迟歌，当然阿泽陪林迟歌的时间多，谁让他是老板。阿泽说："毛侃侃，'爱不爱'就全权交给你打理啦！"

阿泽去陪林迟歌的时候，侃侃就在店里开发新品，她将自己做的蛋糕拍成照片上传到微博上，然后给自己的微博取了一个很有煽动性的名字——舌尖上的诱惑。那段时间有一部叫《舌尖上的中国》的纪录片特别火，很多吃货搜到了侃侃的店，生意一夜之间好了起来。还有记者采访侃侃，把她描写成金三顺一样的女生。

侃侃看着镜子里的自己，除了胖和会做蛋糕，她觉得自己和金三顺完全联系不到一块儿。

4

侃侃是在两个月后发现林迟歌怀孕的秘密的。侃侃知道，孩子一定不是阿泽的。

林迟歌没有否认，孩子是她那个前男友的，做阿泽的女朋友，只不过想给肚子里的孩子一个机会。

侃侃突然像一头愤怒的狮子似的跳了起来，大声喊道："给了你的孩子机会，那谁又给阿泽机会？"

很快，侃侃就后悔了。她没有想到，阿泽会突然出现在店里，知道真相的阿泽犹如受伤的小兽，林迟歌永远只有三个字——"对不起"。侃侃永远记得那个下午的"爱不爱"，她爱阿泽，阿泽不爱她，阿泽爱林迟歌，林迟歌不爱阿泽。

这就是"爱不爱"。

5

林迟歌和阿泽分手了,因为她的前男友回头了,侃侃一开始就能猜到这样的结局,可是她却猜不透阿泽的心,明明知道是场骗局,却甘心被骗。

阿泽说:"你没有恋爱过,你不懂!"

侃侃苦笑,谁说她不懂?所有的蛋糕都是苦的;当她看到他们分手时,她也觉得世上所有的蛋糕都是苦的,因为他不高兴。只是,阿泽永远不懂侃侃的蛋糕为什么是苦的,就像他不懂,侃侃爱他。

侃侃辞职了,一家五星级酒店聘请她去当蛋糕师,她决定给自己一个机会。

离开了"爱不爱",侃侃又变成了那个会做一百多种蛋糕的侃侃。后来,她遇到了一个喜欢看她做蛋糕的家伙。他说:"毛侃侃,你做蛋糕的时候简直美得像一幅画,油画,不是奶油的油。"他是侃侃的徒弟,却从来不叫她师父。他说侃侃胖,却从来不说胖得难看。他说,侃侃和侃侃的蛋糕都是独一无二的,他都爱死了。

侃侃决定给他"爱死了"的机会,经历过阿泽,她终于明白,每个人都有属于自己的一块"蛋糕",不管你在或不在,它都会出现,只是有时会有些晚。

吃着,爱着,温暖着

◇伊北

　　陆小曼喜欢吃零食。年轻时候,她就不爱正餐,而总是以零食"果腹"。据说只要是隔一会儿手里没拿着吃的东西,嘴里没含着嚼的东西,她就会坐立不安。而且小曼的吃,绝对不是黛玉式娇滴滴的,小曼的吃很有些"奋力",甚至"勇猛"。小曼吃石榴,不是小声小气,一个一个剥,而是拿着刀子奋力去砍,砍开了要是不中意,就丢下不理。与志摩在一起,志摩宠她,想方设法把各类水果、零食弄到她餐桌上。

　　对于吃,小曼也不是一律讲究,她只是爱吃、好吃,能从吃中找到一种乐趣。没有水果的时候,一小碟雪里蕻烧细花生,也够她吃上半天。路边遇上烤白薯,香味扑鼻,她立刻就走不动路了;看见冰糖葫芦的摊子她必定会买来吃;家里的罐头也从来存不住。

　　食色,性也。对于天性,小曼总是放任自流。小曼是想吃就

吃，想笑就笑，想玩就玩，想闹就闹，小曼的世界，没有禁忌，无须隐藏，只有直面自我的素心，在繁华的上海滩头跳动。

志摩对小曼的宠爱，光是一个吃上就了不得。不光零食，小曼和志摩在上海落户，家里专门请了厨子，专顾专烧，独家伺候。小曼爱小灶。小曼还喜欢吃大菜。新利坦，大西洋，一品香，都是她经常光顾的地方，坐着小汽车，一溜烟到地方，下了车，婷婷袅袅走进去，落了座，点了菜，琳琅满目，奇珍美馔，越吃越开心。

志摩在的时候，小曼就开始吃鸦片烟，为了治病、止痛。家里有专门的吸烟室，吸烟室里有烟榻，烟榻上有从广东定制来的烟枪，时不时地，还有好友替她烧烟泡。小曼吃鸦片烟吃得烟雾缭绕。一不小心，投掷烟枪，击碎了志摩的眼镜，小曼也还是我行我素。

小曼29岁时，志摩去世。小曼依旧有的吃。翁瑞午来了，他供给了她的"一黑一白"：黑的鸦片，白的米饭。

瑞午接过志摩的担子，对小曼百依百顺。小曼只吃人奶，不吃牛奶，家里面养个奶妈。瑞午赞成。小曼爱吃西式点心，爱吃酒心巧克力，瑞午一有钱就去买。翁瑞午夫人陈明榴会做玫瑰膏，瑞午也弄去给小曼吃。

20世纪60年代，物资奇缺，翁瑞午的女儿则经常从香港寄猪肉、火腿等罐头来，以解瑞午、小曼嘴上枯寒。

因为吸烟、生病，小曼中年以后一口牙齿几乎掉光。但这也不妨碍她吃着，温暖着，哪怕是一口鸡汤，一碗薄粥。小曼年轻时吃得放肆，老年时吃得淡然，曾经沧海，所以也淡然得起。一个女人，能够一辈子不愁吃，且有男人心甘情愿买给她吃，到底也是幸福的。

红豆饭团藏相思

◇苏丽珍

崇介是高二时我们班里的插班生,高瘦,喜欢穿纯白T恤,笑起来的样子有一点儿懒洋洋,很迷人。他的到来让全班女生的心里都有一丝蠢蠢欲动。尽管我也会在无人注意时偷偷注视他的身影,但相貌学习均平平如我,更多的是不敢奢望。

然而,一切在那个集体春游的下午有所转折。我与几个女同学在草地上围坐,刚打开饭盒准备野餐时,身后的崇介突然从一旁探出手抢走我饭盒里的一枚饭团。看着他在一众男生起哄的笑声里鼓着腮帮狼吞虎咽,然后用舌头舔走嘴角最后一颗米粒,心满意足地赞叹好吃,我在身边女同学惊奇又艳羡的目光里不好意思地低下头去。便当盒里是妈妈最常做的肉松饭团,但那天下午变成了与从前不一样的美味。

此后,那种汹涌而来无法抵挡的感情越来越厚重,将我淹没,使我无法呼吸,三个月后我决定表白。

  我想用一种特别的方式表达我独一无二的心思，于是我假装不经意地向妈妈打探饭团的做法，趁着周末家中无人的时候便亲自上阵。我先把泡好的糯米入锅加水蒸熟，趁热拌入猪油和白糖，然后在饭团中间包上一小撮煮好的红豆，塞到饭团模具里压制成小小的心形，整齐地摆进透明保鲜盒里。

  第二天，我把保鲜盒放在课桌里，一整天都忐忑不安。终于在晚自习下课时我豁出去般地走到他面前。看见我递到面前的东西他先是一愣，而我趁他愣住的空当，一把把保鲜盒塞进他的怀里，逃也似的跑开了。

  接下来的几日，任我心里翻江倒海，他那边却始终风平浪静。左右纠结踌躇几日后我决定干脆一不做二不休，放学时站在他回宿舍必经的梧桐树下装作偶遇，借机问他一句："饭团好吃吗？"

  崇介恍然说："噢，你说上次的饭团啊，一拿回宿舍就被他们抢光了，我都没吃上。不过他们都说味道不错，谢谢你啊！苏苏同学。"崇介说完，若无其事地转身走进宿舍楼，只留给我一个背影，而我在梧桐树下呆立成一尊雕像。

  一个星期后，班里传来崇介要转学的消息。果然，第二天他便来收拾东西，背起书包一路跟同学们道着别，经过我身边时，目光匆匆交错，没有任何特别。

  紧接着，黑色高考季来临，我一头扎进题海，不允许自己再去胡思乱想。之后读大学、毕业、工作，时光如书一页页翻过，渺渺岁月里跟很多同学失去了联系，关于崇介，也只是听说他随父亲调动工作迁居香港，再无更多。

  很久后的某一天，下班后从地铁站出来，城市夜色弥漫，我透过街边日料店的玻璃窗看到一排排萌态十足的各式饭团，便想起自己那年做过的红豆饭团,于是掉转身去超市买了食材,回到家里蒸米煮豆,一枚枚心形饭团躺在白瓷碟子里,样子仿似当年。拈起一枚咬下一口,味道甜糯可口,才发觉十年前那个笨傻的自己全身心只顾制作却忘了尝一口滋味。

再次见到崇介,是去年春节的同学聚会,他大老远地从香港飞来,同时也带来自己下个月结婚的消息。席间谈起年少往事,当年和他同宿舍的男生羡慕地说起崇介那时收到过不少暗恋他的女生送的礼物,舍友们也因此沾了光,但只有一样东西他誓死守护不肯与他人分享,那是一盒心形的饭团,到现在他们都猜不出是谁送的。

宴席散场,他走过来跟我说:"其实那时你的心思我早就明白,只是当时家人已经决定一周后搬离,注定不会有结局的故事,我想还是不要让它开始,那会伤了你。"

我努力地想给崇介一个释然的微笑,但嘴角弯了一下,还是失败了。我们在停车场的入口处各分左右,我祝他返港一路顺风,他想了想后说了一句:"红豆饭团的味道,我会永远记得。"

民国太太的厨房

◇李舒

女人不怕凶,只要有独门秘籍,男人照样受用。比如胡适先生家的"太太协会会长"江冬秀,狮子吼完,端出一锅十全大补汤,这叫"胡萝卜加大棒"政策。

胡适家的餐桌,一年四季都是热腾腾的,简单的一个鸡蛋,从蛋炒饭到茶叶蛋,江冬秀总能做得不重样。不仅自己吃得好,来了朋友,更能拿出让人瞠目结舌的大菜,让爱面子的胡适分外高兴。

比如一道烧杂烩,全国都流行在请客最后吃这道汤菜,是花团锦簇的热闹,也有宴会即将结束的暗示。1896年,安徽人李鸿章出使美国,宴请美国官员,宴席中便有烧杂烩。美国人吃得赞不绝口,便问菜名,不内行的翻译误作"杂碎"。这件事传扬开去,美国人居然把"李鸿章杂碎"做成了一道菜,甚至发明了"杂碎"(chop suey)这个词。

梁启超在1903年游历美国,发现在当时的纽约,居然有三四百家杂碎馆,全美华人以杂碎馆为生者超过三千人。不过,这个"杂碎"已经不是李鸿章最初的烧杂烩,梁启超在文中写道:"然其所为杂碎者,烹饪殊劣,中国人无从就食者。"

胡适家的烧杂烩,和李鸿章请美国人吃的差不多,不过名字更气派,叫"一品锅"。胡适的朋友石原皋30岁生日,单身在外,江冬秀就热情地邀请他来家过生日,"呼啦啦"来了两桌人。当日的菜肴中,最著名的就是"一品锅"。这是一只大铁锅,口径差不多有二尺,热腾腾地端上桌,里面还在滚沸,一层鸡,一层鸭,一层肉,点缀着一些蛋饺,底下是萝卜白菜。胡适笑着向客人介绍,"一品锅"是徽州人家待客的上品。江冬秀还会不时变换"一品锅"的菜式,又有一次待客,依旧是"一品锅",里面有三斤重的一只大母鸡,三四斤重的一只蹄髈,三十六个鸡蛋,客人们都吃得兴高采烈。

烧杂烩之所以能流行,贵在丰俭由人。动、植物水陆俱陈,既可高档,又能普通,有荤有素,琳琅满目。安徽的"一品锅"到了扬州,名字便改为"全家福";上海人的杂烩砂锅里,一定要有的是蛋饺,正如张爱玲在《半生缘》里写的那样:"蛤蜊是元宝,芋艿也是元宝,饺子蛋饺都是元宝……"讨的乃一个口彩。

张爱玲的文章里满是美食,自己却并不会做饭。她和胡兰成热恋时,招呼胡兰成的儿子,也不过是拿了两片吐司,抹上满满的花生酱。胡兰成有时和张爱玲约会,还得另外去巷口吃碗馄饨,这样的爱情,恐怕注定走不远。

靠做饭抓住男人的心,这招当然并不完全管用。江冬秀做个荷包蛋,胡适都会在友人面前大肆吹嘘;朱安的手艺恐怕并不在江冬

秀之下，还经常为了鲁迅的胃病量身定制菜肴，但鲁迅的心终究在许广平那里。另一位著名女文青萧红除了在写作上是个天才之外，也特别擅长做面食，她包的饺子，鲁迅非常喜爱，在病中也能多吃几个，她关心着爱人萧军的饮食，却也不能挽回萧军偷跑出去会情人的颓势。丁玲到延安后，嫁给比她小的崇拜者陈明，家里的所有家务倒是都由陈明负责，只为了让"女神"安心写作。

所以，我们只能这样下结论，女人不怕凶，打一巴掌之后给甜枣吃，被打的那个揉揉面颊悄悄吞吃下去，之前的疼便在味觉的刺激下渐渐淡去，这样的男人，多半还是心宽的好人，找到，千万不可错过。

第三者螃蟹

◇椰水清凉

故事发生在20世纪90年代,很怀念那段青春往事。

他是我的大学同学,同级不同班。说是同学,不如说是"同吃",我们之间的"同吃之谊"远远大于同学之谊、同窗之谊。

我再吃螃蟹,一定找你

大一时,我们在大连实习,实习基地依山傍海,海风习习,真可谓"风景这边独好"。好风好景养眼的同时,并没有好饭好菜养着我们食欲旺盛的胃。食堂的菜惨不忍睹。他们对任何菜都以酱待之,不管是白菜、土豆还是茄子、豆腐,统统是一酱了之。

好在除了食堂的酱菜,还有外面的螃蟹。螃蟹有的是,但是太贵,我们只有自己捉。

六月的一天,天空蔚蓝,白云朵朵……现在我闭上眼睛都能想起多年前阳光灿烂的那一天,我大呼小叫地喊了好几个寝室的男生

跟我去捉螃蟹，我教他们怎么翻起石头，怎么用树枝或者用筷子夹螃蟹，怎么识别雌蟹和雄蟹……我们的丰收还是大大的，不仅有螃蟹，还有各种各样的蛤蜊。

自小在江南长大，我熟谙各种海鲜的加工方法，虽然没有实际操作过，但理论和真理一样，关键时刻总是有用的。我在没有炊事工具也没有煤气或者土灶的情况下，用暖瓶里的开水一遍遍地烫蛤蜊，把蛤蜊烫得半生半熟还带点儿血丝就命令大家开吃，当然也有胆小的男生不敢吃。螃蟹就简单多了，我直接用白酒醉，螃蟹刚放在白酒中时，还乱爬乱动，等到螃蟹爬不动了我就号召男生开吃。

这一顿海鲜大餐让我在实习基地有了小小的名气。第二天中午，就有一个不认识的男生来敲宿舍的房门，连自报家门都省略了，直接说："我想吃螃蟹，你别午睡了，一会儿我来找你。"这家伙说的一会儿是30分钟，宿舍的女生都很听他的话，不只是我没睡，大家都没睡。不仅没睡，还用手表计时。30分钟后，这个男生来了，左手一兜螃蟹，右手一兜油、盐、酱、醋、酒。我看他跑了一脑袋汗的样子理所当然地为他做了醉螃蟹，他的评语是味道好极了，可以三月不知肉味了。

吃完这一顿螃蟹大餐，他很负责任地告诉我，他大名叫江瀚，就住在楼上，也就是说我住203，他住303。他同样很负责任地说："以后我再吃螃蟹，一定找你；你要有螃蟹吃，也一定来找我，就这么说定了。"

江瀚说完连声谢谢也忘了说，就走了。

每次约会都有第三者，那就是螃蟹

后来，在那个海风清凉的六月里，或清晨或黄昏，我们一次又一次去海滩上找螃蟹。赤足奔跑的我们成了许多同学眼里的风景。

在我的记忆里,江瀚是不夸人的,除了一次,那是个意外。在我们津津有味地啃着螃蟹的时候,他突然说:"哇,你这么拿着螃蟹,长发飘飘的样子,好漂亮啊!你真的是心灵手巧!"我平生第一次听到这么隆重的表扬,一下子得意忘形,被螃蟹的大螯夹了手。为此,我们跑了将近十公里打了破伤风针。

实习结束时,我们宿舍的其他女生都有了男朋友,唯独我没有。同学说我在这一片蓝天白云的美好时光里约会最多的是江瀚,但我们的每次约会都有第三者,那就是螃蟹。

想想也是,我和江瀚,确确实实每次见面都是因为吃螃蟹,没有螃蟹的时候,他从来没有找过我,我也没有找过他。

螃蟹,你回来了

大二大三时,我和江瀚很少见面,只是偶尔会在一起看一场电影,吃一次烤羊肉串,但是,这样的时候,真的是很偶尔。同学又戏称,没有螃蟹,我们就没有见面的必要了。

大四时,我开始了初恋。不少男生对我的初恋很好奇,唯独江瀚,他从来不感兴趣,也从不评价我的男朋友。

在江瀚的眼里,我和他,一如往昔,我们之间没有任何改变。

只有那么一次,是冬季,我旷课去了男朋友的城市,正要回来时碰上狂风暴雪,天寒地冻,我无奈又多旷了两天课。第三天早晨,我走出火车站时,意外地听到有人在远处高喊:"螃蟹,你回来了!"这喊声高亢嘹亮,我一看是江瀚。大家都来看我,我真的是拎着一兜螃蟹。江瀚穿着军大衣,手上还拿着一件军大衣,他得意扬扬地说:"我知道你准带着螃蟹,你肯定会忘了多穿一件棉

袄,早晨多冷啊!"江瀚一边把军大衣递给我,一边伸手把螃蟹接了过去,我们算是完成了交接仪式。

回学校后,我们在江瀚宿舍吃早餐,稀粥油条就螃蟹。宿舍里的男生说,江瀚功劳、苦劳都大大的,他知道我每次看男朋友都坐固定的车次回来,也知道我本应该两天前回来,于是连续三天拿着军大衣等在火车站,果然等到了,功夫不负有心人啊!

我们离毕业越来越近,那一段告别时光是用来吃喝玩乐的,只要兜里有人民币,一定贡献给学校门口的各个饭馆,我们几乎天天在吃。有那么一次,我和老乡吃告别饭时,无意中看见江瀚正从饭店门前走过,我跑出去叫他一起吃,他说:"不用了,哪天我去找你,就我们俩,慢慢吃。"这是我和他的最后一次见面。

不知不觉,真的毕业了,我们去了各自的远方,我再也没有见过他,甚至不知道他的分配去向。

多年以后的今天,写下这段文字,我依然能够想起江瀚那心花怒放、喜形于色的笑容,当年的他和我是多么相像,那么单纯地、投入地喜欢一种美食,全心全意、专心致志地享受这种美食。在物质不算富裕的那个时代,螃蟹真的算是"稀有"了。那么阳光、那么明朗的他,一心一意地想着螃蟹,超过想念比螃蟹还稀有的女生(我们学校是工科院校,女生被戏称为"熊猫")。在那段快乐的日子,我们都是心无芥蒂、知足常乐的孩子。

这种快乐,只有在特定的年龄里才会有。这段螃蟹往事,无关爱情,但仍然快乐,并且可爱。

走得最快最急的总是最美好的时光,记忆悄悄地沉淀在岁月的深处。某一天,记忆悄悄苏醒,虽然你想起的这个人不在身边,但你依然可以感觉到生活的美好、时光的可爱。

余味

◇李月亮

好东西，总该是有余味的。

过去人们形容好音乐，说是"余音绕梁，三日不绝"，这是至高的赞誉，虽然夸张了点儿，却一语便道出了音乐的魅力与魔力。相反，若是有什么音乐，听时觉得婉转悠扬，但听过留不下任何余味，甚至使人厌倦，那就显然不够好。

品酒也是。衡量葡萄酒好坏的一项重要指标，便是余味，"余味悠长"是任何一款好酒的必备特点。越是卓越的酒，余味便越细腻、圆润、悠长。关于这个"悠长"，西方人还制订了明确标准，和我们对音乐"三日不绝"这种浪漫主义的夸大不同，认真的西方人认为，一口葡萄酒饮下之后，口腔中的味道若10秒内消失，这酒就不怎么样，若能持续20到30秒，便该是一款不错的酒，要是余味能达到45秒甚至1分钟以上，那就厉害了，一定是瓶精工细作的高品质佳酿。

美食就更是。《舌尖上的中国》导演陈晓卿说，好的食物，是能让你的心灵得到慰藉的食物，而非"简单的口舌之欢"。仅仅满足口舌之欲，是食物的最低层次，真正的美食，必有余味，吃时痛快淋漓，肚子饱了，还意犹未尽。

连制作美食的过程也是如此。现在人们用煤气烧菜，总觉得没有柴火锅烧出来的香，一个原因就是煤气关了，热量就停了，不像柴火和煤，火熄了，柴灰和煤灰还热着，这点儿慢悠悠的热度，恰能把食物蕴藏的美味烘出来。而微波炉就更差，一旦停转，连锅灶的热度都没有，所以出来的食物就更寡淡。

别小看最后这点儿余温，事物的好坏往往就在这微妙的差别上，好一点儿就好很多，差一点儿就差很远。

说回感情，相恋时，男孩在甜蜜约会后送女孩回家，恋恋不舍地分开，男孩走远了，女孩还站在原地不走，心被浓情包裹着，柔软地荡漾，那爱情的余味，要多妙有多妙。

或者，就算分手，两人也有一个恰当的收尾，没有疲倦，没有难堪，没有撕破脸，于是若干年后，你再想起他，记忆里的画面还是美好的，这多可贵。

少年派说，人生到头来就是不断地放下，遗憾的是，我们来不及好好道别——好好道别，为的就是让感情最后留下一个好面貌，在曲终人散之后，仍使人可以慢慢回味。否则，如果一段关系恶声恶气头破血流地结束，之前再美，也要大打折扣了。

所以，余味该是衡量一样东西好坏的重要标准。无论什么，如果真的好，就该在拥有之后，在经过之后，在结束之后，还有些美好留存，令人留恋不舍，久不能忘。

可惜现代人都太浮躁，匆匆忙忙吃，匆匆忙忙爱，浮光掠影，急不可耐，没心思细品慢尝，这一口还没下肚，下一口已经迫不及待等在唇边了，像猪八戒吃人参果一样，好东西都被辜负了。

喜欢一个人,就是给他投喂好吃的

◇衣锦夜行的燕公子

我之前养过一只猫,蓝灰色英短,一个月大时就来了我家,非常黏人,每天和我黏在一起,我感觉它自认为是我儿子,因为它非常爱模仿我的动作,有时候早上给它擦眼屎,它也会伸出粉红的爪子轻轻摸我的脸。总之我们感情好得不行,洗澡的时候,它会站在马桶上严肃地盯着我,很担心我会被水淹死(猫很怕水,每次洗澡对它们来说都是一场生命的冒险)。洗完澡我裹着浴巾出来,它就会松一口气,自己去玩了,睡觉也一定要睡在我的胸部,一直把我压到做噩梦为止。

直到有一天,我发现它开始报恩了。它拍死一只苍蝇,得意地拿到了我的腿上,苍蝇拍得稀烂,非常恶心。我一声尖叫,还把小猫丢进浴室给好好洗了一遍。我的好小猫大概也没有想明白为什么它拿出好食物没有得到回报,却莫名其妙地来了一场危险的沐浴。过了几天,它的报恩又到了一个新高度,是的,它不知道从哪里搞了半条死鱼，腐烂发绿，脏得要死，它得意扬扬地将鱼拖上沙发，放在面前，一副"昨天的苍蝇你不喜欢，朕给你换个花样"的样子。我简直要被它气死了，到底要怎么告诉它不能再这样呢？于是我当着它面，把死鱼扔进垃圾桶，并且不允许它上床。小猫受到了伤害，第二天整个人，不对，整个猫都不想理我，估计OS（内心独白）就是：呵呵，朕可从来没有如此对人费心过，你这个不知好歹的贱婢。

又过了几天，小猫叼了一只死老鼠回来，这回直接上了床。一巴掌把正在睡觉的我和男朋友一起拍醒。我非常怕老鼠，当下像见鬼一样以光速蹿进浴室并且关门。我和男朋友讨论，这要怎么办啊？小猫天天拿出自己很宝贵很喜欢的食物来喂我们要如何是好。虽然有种养儿防老，儿子拿着腊肉上门给年老的父母做饭的热泪盈眶感，但也不能吃老鼠啊，男朋友"哼哧哼哧"吃着我做的墨鱼猪肚浇头的米粉，说了一句让我深思的话："喜欢一个人就是喜欢喂他吃好吃的啊，你看看我，跟你好了后，胖了七斤了。你还让我吃夜宵。"我说："那你别吃啊。"男朋友含着热泪喝完最后一滴汤，放下碗："你掌握了我的弱点，我就是喜欢吃猪肚啊，根本不能抗拒，你这个坏人。还有吗？再来一碗。"

我坐在沙发上，摸着自己的肚子，回忆起我是如何变胖的，那一幅幅充满母爱的画面啊，你也一定有这样的回忆吧，每次吃饭，你都会说"够了够了，我吃不下了"。你妈一定会说"再吃一口，再吃一口，一口又不会胖的"。如果你拒绝，妈妈就会露出伤心欲绝脸，现在都不喜欢吃妈妈做的菜了，唉，妈妈老了，水平不行了。够了！吃还不行吗？

或者你放暑假放寒假到了姥姥家、奶奶家，那简直就是一场大

型的暗潮汹涌的优秀饲养员厮杀大赛啊。你上个暑假去姥姥家胖了五斤？呵呵，奶奶这次一定要超越她！一天五顿不说，还做各种点心零食下午茶，饭桌边吃完不说，还端到你的电视电脑iPad（苹果平板电脑）旁边！老人们最爱说的话就是："哪里胖啦，这是健康！"恨不得把我们都喂养成16：9的宽屏。我就是这样变胖的啊，皇上，臣妾是冤枉的，我的胖不是我造成的！

　　这次新书的签售会上，接到了粉丝们各种投喂。我已经胖了三斤啊，每次回来都被教练臭骂啊："你的廉耻心呢？你已经不想成为亲姐姐全智贤那样的女人了吗？你还在如此放纵吗？"我听得心里哗哗流泪，你们这些坏人，掌握了我的弱点，我就是没有办法对抹茶的一切say no（说不）啊！

爱做饭的姑娘运气总不会太差

◇慕容素衣

每当看到知乎上类似"你身边是否潜伏着一枚传说中的吃货"之类的问题,我第一时间就会想起蔡要要同学。

一个人漂泊在异乡,她会给自己做一份最家常的香肠煲仔饭,把妈妈寄来的香肠切得薄薄的,搁在米饭上一起蒸。这份简易版的香肠煲仔饭混合着饭香、肉香和自制香肠独特的柴火气息,吃进嘴里,满口都是家的味道,顿时慰藉了思乡之愁。

和男朋友分居两地的时候,她听说远方的男友在家只能吃泡面,于是赶紧冲到市场去买回一堆菜,牛肉七分猪肉三分,都用刀背仔细地拍成肉糜,加上胡椒、老酒、酱油腌过后,做成手工肉丸,再裹上鸡蛋面粉液入油锅炸。热腾腾的丸子冷却后,经过真空包装寄到了恋人的手里,一同寄走的还有她热腾腾的爱。

失恋的时候,她整晚都睡不着,索性半夜爬起来,一个人趿拉着拖鞋去楼下吃牛肉面。牛肉是用砂锅煨出来的,又软又糯,冒着

热气的牛肉面端上来后,她明明是很难过的,但坚持着告诉自己,就算是一碗牛肉面也不能轻易辜负啊,连汤都喝完之后,居然并不那么难过了。

最艰难的时候,她生着重病,在医院做化疗,头发都掉光了,吃什么吐什么。问她是怎么撑过来的,她轻描淡写地说:"一想到世界上还有那么多好吃的东西没有吃过,都舍不得去死了。"

和要要一对比,那些爱拍美食但拍完了从来不吃的姑娘们简直太矫情了,真正的吃货,得像蔡要要同学这样,从来都有着"人生几何,对肉当吃"的豪迈精神,以及为了吃遍天下美食勇敢与疾病斗争的顽强斗志。

多少以吃货自居的姑娘,虽然爱吃,但从来都不做饭。蔡要要同学则不但特别爱吃好吃的,还特别爱做好吃的。在厨房忙活得多了,她积累了很多独家小妙方,比如说:

手撕鸡千万不要刀切要手撕,鸡肉的口感和肌理才会不柴。而浇汁里的花椒不要用普通花椒,要选择绿色的藤椒,更鲜更麻,也更爽口。

珍珠肉丸如果馅儿只有肉会很腻口,所以要切一只脆苹果一起拌馅儿,再放上重重的胡椒。胡椒和苹果是绝配,让珍珠肉丸有了非常刺激和活泼的生命力。

家里没有菜的时候,请找出一枚鸡蛋,打散后,热锅炒得碎碎的,加上孜然粉、辣椒酱、花椒面,会有烤肉一般的独特滋味。

古龙有句名言说:"爱笑的姑娘,运气总不会太差。"套用在蔡要要身上,也可以改成"爱做饭的姑娘,运气总不会太差"。试分析一下,爱做饭的姑娘,一般来说都是那种宽厚、温和、热爱美食、热爱日常生活的人,这样的人,对家人、对朋友乃至对世界都抱着一份最真挚的深情和暖意。对于活得如此热气腾腾的人,世界和他人又怎么会舍得太过亏待她。

蔡要要就是这样一轮向外传播着热量的小太阳,自然会吸引那些愿意向着太阳生长的人。就在人生最低谷的时候,她遇到了自己的真命天子,江湖人送外号"五十块先生"。

五十块先生有一个优点——特别能吃,来者不拒,辣的更好!以前要要一个人做饭时还总担心做的食物吃不完,这下完全没有后顾之忧了。

是的,吃饱了就不会冷了,吃饱了就有力气谈恋爱了,吃饱了才能忘掉人世间的种种艰辛。生活从来都不容易,要是没有食物相伴,我们的人生将会多么难熬。

神秘甜品店

◇莫昕金

我不说话,她无意中触碰到了我的死穴。

"嗯,不是所有坚持都有好结果。"我回答她。

又瞥见吧台旁墙上挂的男制服,我讪讪一指:"应该还有其他人,他今天不来?"一听这话,她悲伤地低下了眼眉,"阿熊来不了……他,他父亲断定他耗在甜品店没出息,送他到外国留学了,都没有了……"她伤心的样子,与我脑海中某个光景相仿,又深深地吸引了我。

我走到吧台,上面仍放着很多调味的原料瓶子。抬头望见墙上印着甜品店原来的单目:南瓜千层、雪花雪糕、烟花慕斯、风筝布丁、樱花曲奇、海豚蛋糕……

我沉浸在那些神秘的名字中,不禁开口问她:"你见过'爱琴海'吗?"

我的手就摸着那些瓶子，可惜她的速度赶不上我的熟练度。调好后递给她，她很排斥。哪怕调料是她的，毕竟我长得像流氓。她谨慎地嗅了好几个来回，最后蘸上少许点在舌尖上。

"哦哦，居然有这种！好厉害的骗子，你是谁？"她的呼吸急促。

"是'爱琴海'。"我淡淡回答，"我妹很喜欢甜食，我有学过。只不过好久没碰它们了。"我礼貌地笑笑，"我叫白琛。"

她走向吧台："那如果你帮我找回墙上的味道，雪花啊、烟花啊……还有海豚啊，我就帮你妹妹做最后那份意式抹茶蛋糕，如何？"

难道那些前缀不是形状，而是味道？我十分惊讶，雪花有味道吗？烟花能吃吗？海豚又是什么？

"能不能一种一种慢慢找？"我果断答应了，她的样子与晓潼真的很像。

我按着她的配方随便调的，但她现在的表情比一开始板着脸好看多了。

有一瞬间，她露出最绝望的表情："没用的，再厉害，也只有阿熊才能做出'荡秋千'味道的千层蛋糕……神秘的……留住那失望顾客的味道。"

"荡秋千"又是什么？她说她也不知道阿熊用的配料是什么。还好我在与妹妹的电话中，得知是亦甜亦酸亦薄荷的味道，有如回荡的春天，绕淡淡芳馨。

我沉默了，做出骤变的味道不难。我做出几款我的"荡秋千"给她。

"你跟我做出来的是一样的，但这些真的不是……"她眼闪泪

光。

我深呼吸,许久才开口:"那我负责奶油,你负责蛋糕。我有直觉……"

还是失败了……

"是'荡秋千'……你是阿熊对吗?"她的泪水挂着。

"店名'千与千寻'是阿熊起的吧?"我无视她的问题。

"嗯嗯,阿熊,你想起来了。"她擦掉泪水。

"不,我是白琛。"我有点儿不相信自己,"或许一直欠缺的是那种芳馨,是你身上的体香……在打蛋清的15分钟内,会慢慢染上,不能太多但不能没有。所以我猜你们之前也是这样分工的。所以一个人的话,是做不出'荡秋千'的。"

"'荡秋千'是阿熊留给你一个人的记忆。"我向她伸出手,"我想'千与千寻'不用停业了。"

"需要我这个骗子甜品师吗?"我笑笑。

"为什么要帮我?"她惊喜又疑惑。以前晓潼也问过我,如今眼前的她与晓潼彻底重合。

可惜长得再像,终究不是她——因为我喜欢你啊,晓潼,你这个蠢蛋。

"因为我想做出'朦胧'的味道。"我捂住我的左眼。

有份情,我欠晓潼,阿熊欠她。阿熊有一天会回来,可我已经回不去了。等到阿熊回来那天,我会帮他们记录所有。等晓潼有一天牵着她的天使来这儿,我就做出"朦胧"的味道。

就算一个人变老,就算皓水负碧月,哪怕箜篌响,暗神伤。

芥末之恋

◇黄昉苨

孔子整整衣裳,抓起筷子,挑起眼前的生鱼片,蘸上芥末酱,送入口中。感受鱼肉细腻地在唇齿间徘徊,芥末鲜辣地在口腔中激荡,他老人家心中不禁呐喊:啊,好吃!

啊!画风好像哪里不对?不过,这的确可能是孔老夫子的真实经历。

要知道,他曾郑重地叮嘱过学生们"食不厌精,脍不厌细"和"不得其酱,不食"。生鱼片要蘸什么酱呢?《礼记》告诉我们,"脍,春用葱,秋用芥"。

没错,秋天要用芥末酱。

就是那种每吃一口都仿佛在呐喊着"燃烧吧,让鼻窦爆炸"的芥末酱。

说起来,这是真正的华夏传统。"芥"这个字在甲骨文中就已经出现,多年后更是在白居易的诗、苏东坡的书里一路担当生鱼片

的最佳作料,是宋朝人最爱用的腌菜酱料。

此外,它同样得到了国际友人们长久的钟情。古希腊科学家毕达哥拉斯曾用气味独树一帜的芥菜籽去解蝎子毒。后来,西方的"医学之父"希波克拉底把它拿来治蛀牙。再后来,古罗马人也开始用芥末酱配肉吃了。

"五味"是自然给人类发出的信号,甜是营养苦是毒,蛋白质鲜昆虫补。而像"芥末"这种能随随便便把人呛个半死的滋味,是大自然在存心跟我们过不去吗?

日本曾有科学家研发过专为听障人士服务的烟雾报警器,他们测试了臭鸡蛋、薄荷等一系列刺鼻气体,最后中标的还是芥末。

与传统的五味不同,芥末的辛辣味源自十字花科植物(比如芥菜籽、辣根、山葵和它的辣亲戚们)蕴含的"硫代葡萄糖苷",这种物质能刺激神经细胞表面的某种蛋白质,搞得细胞如临大敌,对大脑发出紧急求救信号。

于是,人们嘴巴刺痛,鼻腔灼烧,双眼含泪,在餐桌前泣涕涟涟,却欲罢不能。

也因此,它是唯一一种能在两分钟内令听觉严重受损之人从睡梦中惊醒的利器。

硫代葡萄糖苷,又叫芥子油苷,对很多生物来说是致命毒物。

直到今年6月,科学家们才确信了它的身世:这是十字花科植物与毛毛虫们千万年来难分难舍的明证。

如果没有毛毛虫,我们体会不到如今芥末的这一口独门辛辣味儿。

说起来,它们的孽缘从恐龙还在这个星球上称王称霸的年代就开始了。8000万年前,十字花科植物的祖先们第一次在身体内合成出了硫代葡萄糖苷。这种防御性毒素能轻松撂倒当时的大部分昆虫，让植物免于被吃的命运。然而，1000多万年后，十字花科植物的命中冤家出现了：一些蝶类幼虫体内进化出了针对芥子油苷的解毒物机制。

就这样，这群毛毛虫欢快地啃着这些其他昆虫不能接近的有毒植物，日日饱餐，直到更强烈的升级版芥子油苷被合成出来。

就像一场爱恋，芥菜问："我要提新的要求了，你敢不敢接盘？"毛毛虫答："敢！"于是转身修炼，1000万年后回来，再度征服老相好。再过1000万年，十字花科植物又生了气，聚拢更多毒性，再上演一次缠绵和缠斗。两者置气1000万年，相好1000万年，世世代代，相互依存。

在最近这8000万年中，这样的大进化一共出现了三回。

可惜，时光流逝，除了昆虫，地球母亲新推出了一款直立行走的无毛两足动物，人家捡起来一尝，哦耶，爆炸的滋味，这酸爽！

可不巧，硫代葡萄糖苷毒不到人。

相反，它的辛辣令人趋之若鹜，能刺激食欲，能治蛀牙，还能通便。芥末君的祖先们与毛毛虫竞争多年练出的一身本领，如今启发了医学之父，感动了孔圣人，令教皇沉醉，使诗人着迷；而千千万万的普通人呀，在记忆能溯及的地方都与它相随相伴，哪怕被辣得鼻孔冲天，也无怨无悔。

只是没什么人知道，它们长成如今这样，并不是为了我们。

这世上我最喜欢的地方就是厨房

◇鹿鹿安

这个世界上,我觉得我最喜欢的地方就是厨房。这是吉本芭娜娜说的,当然,对我来说,也是如此。

当初和先生四处看房购新居,我只看中两点,一是阳台,二是厨房。阳台不大,总觉得心胸闭塞;厨房不大,生活也会少些滋味。装修后,仔细算起来,厨房是我投资最大的地方。各种嵌入式电器、白色橱柜、黑色台面、洁白瓷砖,闪闪发亮。地上沿边铺一层L形吸水垫,穿着拖鞋软软地踩上去,料理、烹煮,或是洗碗、发呆,都是很好的。

我从前极不爱洗碗,总觉得是负担,现在倒也渐渐爱上。水龙头"哗哗"地放着水,手中洗涮着碗碟,脑子却在放空,天马行空地胡思乱想着。水池边就是窗子,傍晚的时候能听到邻户的响动,有时候是电视剧的声音,有时候是催促孩子写作业的责骂,偶尔还听过夫妻吵架,伴随着摔盘子掼碗,相当激烈。

冰箱也要塞满东西，食材仔细区分收纳，一一放入不同的隔间。冷冻室里有父母送来的腊肉和香肠，冻了一个冬天和夏天，至今也没有吃完。还放了亲手包的水饺，懒的时候丢几个进锅里，也能简单地填饱肚子。夏日炎热，还要时不时冻上几根自制冰棍，绿豆沙的，或是芒果汁的，降暑又解馋。冷藏室里要丰富得多，各式蔬菜瓜果，还混着一些零食和饮料，还搁了几瓶老家带来的泡菜豆角，简直就是下饭良方。

读大学的时候，某次失恋，夜里辗转反侧不能入睡，后来索性爬起来溜进厨房，不敢开灯惊醒父母，便偷偷地打开冰箱，暖黄的灯光照亮了黑夜。我翻了翻，找出一罐爸爸冰在冷藏室里的啤酒，光脚坐在地上，背靠着冰箱，"咕嘟咕嘟"地喝了起来。喉咙里的声音可寂寞了，更何况耳机里莫文蔚还在唱着伤心的情歌。我浑身泛起红疹，脑子也迷迷糊糊起来。看着安静沉默却充满人间冷暖的厨房，心里想着，就算是在这里睡过去，也是安心的。

工作后，因为家离得远，我在单位附近租了一个小阁楼，每天爬六层楼到家，夏天更是闷热难耐。我把衣服扔进洗衣机，在砂锅里泡上绿豆，伴随着洗衣机的轰鸣，以及"咕嘟咕嘟"的绿豆汤煮沸的声音，我搬了只小板凳坐着，手里捧着书，却也觉得日子甜美。

婚后有了自己的家，厨房的每一寸土地仿佛都专属于我，做饭的时候一定要关上门，禁止任何人围观，每一次厨房里都是鸡飞狗跳，菜叶纷飞。可这些都不要紧，事后仔细清理战场，厨房依旧是一条好汉。先生说我热衷于购买各种厨房用具，包括紫砂炖锅、酸奶机、榨汁机、豆浆机、煮蛋器种种。但凡听到我问这个如何如何、那个怎样怎样，他都会举双手投降，自动掏腰包，尽管我可能

只用过一两次便收进柜子里。

不过最近收了一件宜家的平底锅,折扣款,个位数的价格实在太美好。每天的早餐仿佛都因此丰富起来,我用它摊过蛋饼,做过芒果千层,也煎过各种牛排、鸡排,配着酸奶机、豆浆机做出来的饮品,生活不就是锅碗瓢盆洗洗涮涮,酸甜苦辣一碗汤嘛。

有一次去剧场听蒋方舟的讲座,她提到一句话,来自德国诗人荷尔德林:"如果生活是全然的劳累,那么人将仰望而问,我们仍然愿意存在吗?是的,充满劳累,但人,诗意地栖居在此大地上。"

现实的生活,可我们诗意地栖居。

我想,厨房就是那个浓缩的世界,微小而广袤。

第二章

唯有乡愁暖人胃

妈妈不教拿手菜

◇ 曾颖

我的一位成都媒体朋友，平时老给父母打电话，吩咐他们为自己做这做那，一副依赖心十足的样子。有一次，她委托父母去乡下给她采些桑叶拿回来晒干泡去火茶，我实在忍不住了，就数落她："都三十好几的人了，依赖心还这么重？哪有人这么懒，把老人们支去东跑西跑的？"

她听后没有辩解，反而笑了，给我讲了个前段时间听到的故事，说一个公司的老总经常用轮椅推着腿脚不便的母亲去菜市场买菜，让老太太替他讲价，买好菜之后，听着老太太得意地唠叨着回家。你说，那老总是缺钱吗？他的资产，把整个菜市场买下都没问题，可为什么为老太太砍下的那一两块钱高兴呢？因为他知道，这事让腿残在家的妈妈觉得自己"有用"，儿子还需要她。

这个故事，为我心里郁积了很久的一个谜团给出了答案：过去十多年，我在外打工，与父母总是聚少离多。从一个人在外，到后来有了小家,整天埋头于工作与生活,偶尔偷闲想起远在家乡的父母,也多是胃的思念多于心的思念——母亲亲手做的炖兔子、凉拌鸡、椒麻汤圆和回锅肉。美国电视剧《人人都爱雷蒙德》里,母亲每次看到儿子时,第一句话总是问:"你饿吗?"这和我母亲何其相似,稍有不同的是,我妈妈问的是:"你想吃点儿啥?"

这种以食物为象征和联系纽带的母爱延续了很多年,直至去年,母亲被查出患了癌症,我们全家一致投票将她赶出厨房。虽然手术后她的身体恢复得不错,但我们依然怕把她累到。

但是,她的拿手菜的确太好吃了,妻儿有时忍不住会馋她做的烧三鲜、糖醋排骨之类的菜。于是,我就有意识地向她讨教学习。她最初很高兴地教我,还热心地找来纸笔,用她那只读过一年半小学所识不多的字为我写菜谱,但写着写着,她突然停了下来,很认真地端详了我很久,像个做错事的孩子一样,哽咽地问我:"学完这些菜,你就不再需要妈妈了吗?"

我从来没有见过母亲那么无助的表情,也深深困惑于她的头脑,怎么会把如此不相干的两件事情扯成一件,直至听了朋友讲的那个故事,我才恍然大悟。

从离开母亲身体的那天起,我们每天都在成长。成长的过程,就是独立的过程。当我们不能爬、不能说话,只能凭哭叫来提请求时,只有妈妈能读懂我们的真实需求,为我们提供舒适与温饱的生存条件。之后,我们在她们喜悦的眼光里学会语言和走路;在她们耐心的教导里学会自己吃饭穿衣;在她们喜忧交集的期盼中读书、毕业、参加工作;又在她们的祝福声中成家并生儿育女。这个过程,是母亲"作用"逐步减弱的过程,从一秒钟不离的哺育,到逐渐成长的身体独立,到后来居上的经济能力的独立。孩子逐渐强大

的过程,就是母亲衰退的过程。而强大起来的孩子如果不明白此时母亲的心态,便会干出自以为是的事情,伤害到母亲,如同我曾经做过的那样。

听了朋友的故事之后,我给母亲打了电话,一改往日害怕她受累而刻意的客气,告诉她我想吃什么,并请她帮我准备。这样做的后果,是时不时会收到她托人带来的几十斤香肠、几麻袋红薯、十几斤剥好的白果,这种食堂级的送货方式,让我的小家里的冰箱变态式地经常挤满各种食物,但一想着老太太乐呵呵地做这些东西时的样子,心里忍不住有一种想落泪的温暖。

6岁女儿煮在一碗面里的爱

◇佟才录

那年他30岁，相继遭遇了人生中两次最悲惨的下岗。一开始是工作"丢"了；再后来，老婆抛下6岁的女儿，也"丢"了。

那段日子，是他人生中最灰暗的时期。他每晚不醉不归，回到家倒头就睡，沉醉不醒。一晚，他再一次大醉而归，衣服也不脱就一头扎在床上。那晚他喝得太多了，吐得一塌糊涂。吐过后，他觉得身上轻松了不少，便翻了个身呼呼睡去。不知过了多久，他耳畔恍惚听到一个稚嫩的童声在轻声呼唤："爸爸，吃面！"接着便闻到丝丝缕缕的面香。他睁开惺忪的眼睛，床前，立着一个瘦小的身影：6岁的女儿，手里捧着一碗面。那面冒着一丝丝香气，在他鼻孔间萦绕。他使劲晃了晃头，清醒了一下大脑，感觉到胃部有点儿痛，这才恍惚记得，他呕吐了。可床头、地板却都很干净，才意识到女儿已经帮他清理过了。

他接过女儿手中的面，一下呆了。那是怎样的一碗面啊？女儿

显然没等水沸就下了面,否则面条不会数根粘在一起,形成粗粗的一缕。他挑了一箸放进嘴里,面半生不熟,而且盐放多了,很咸。汤上漂着一粒粒的油珠儿,显然是没等油烧热,就添加进了水,一股生油味。女儿煮的面,真的很难以下咽,但他还是狼吞虎咽,把那碗面吃得一点儿不剩。吃完后,他似意犹未尽地抹抹嘴,问女儿:"你是怎么煮的面,这么好吃?"女儿兴奋地告诉他:"我不会也不敢开煤气,就只好用电饭煲,先把水烧热,把面条放进水中,再放油、盐、葱花……"女儿又问:"爸爸,我煮的面真那么好吃吗?"他把流到腮边的泪水随着面条吞到肚子里,说:"嗯,好吃!好吃!我女儿煮的面是世界上最好吃的面!"女儿听了夸奖,举着小手欢呼雀跃起来:"那以后你晚上再喝酒回来,我就给爸爸煮面吃,妈妈以前说过,喝酒不吃饭对胃不好……"

他忍了很久的眼泪终于掉了下来。他一把搂过女儿,摸着她的头说:"爸爸以后再也不喝酒了。"那以后,他在中学校门口摆了一个修车摊,那一年,他也把女儿送进了学校。

如今,一晃20多年过去了。他的女儿大学毕业了,在外企找到了一份很好的工作。女儿不让他再去给人修车了,每晚都风雨不误地回家给他煮上一碗面。煮面、吃面成了女儿和他每晚的必修课,一直坚持了20多年。

他至今仍记得,女儿给他煮的第一碗面,给了他重新面对生活的勇气和信心。那是他今生吃过的最好吃的一碗面,因为那碗面里融进了女儿的爱。

韭菜饺　父母心

◇徐立新

儿子回乡下的老家看父母，但只能在家待一天一夜，第二天早上5点半就要走，临走的前一天晚上，儿子跟母亲坐在老房里一直聊到深夜。

临睡前，儿子有些遗憾地说："妈，这次太匆忙，等下次有空，我一定在家多待几天陪陪您，还要吃小时候您亲手包的韭菜饺子，那个味道太好了，我一直都想着呢。"

之后，儿子便到里屋睡觉了，可母亲却没了睡意，她走到另一间屋，叫醒已经睡下的父亲，说："老头子，你赶紧起来，去问问谁家菜园里有韭菜，跟他打个招呼，割点儿回来，娃想吃韭菜饺子了，我得给他做。"

躺在床上的父亲一听，立即明白，连说："好，好。"然后迅速穿上衣服，下了床。母亲又说："老头子，你动静小些，别吵醒了娃，他明早还要走呢。"

父亲再次"嗯"了两声,然后别上一把菜刀,悄悄打开大门,出去了。此时,正是初冬的深夜,外面很寒冷。

父亲开始在村子里挨家挨户敲门,借割他们菜园里的韭菜,冬日,菜园里韭菜很少,好在敲了数十家门后终于找到了。

村里各家各户的菜园都离村子很远,加上夜路不好走,等父亲割完韭菜回家已是夜里11点多了。接下来,两位老人开始择韭菜,把两斤多韭菜择完、洗净后,差不多已经是凌晨了。

接下来是擀饺子皮,然后包馅。这一切如果是在明亮的灯光下完成,不需要太长时间,但事实上他们都是在手电筒的光亮下完成的——两位老人怕开灯惊扰了儿子的好梦。

这一切都做完是凌晨3点多,两位老人想了想,还有一会儿得煮饺子了,干脆别睡了,给儿子烧点儿热乎的水,这样,他一起来就有热水洗脸。

5点30分,儿子的手机闹铃准时响了,儿子从睡梦中醒来,一睁开眼睛,便隐约闻到一股似曾相识的香味,这香味越来越浓,最后在厨房里达到了鼎盛——一大锅韭菜饺子在翻滚呢。

看到儿子,母亲连连说:"娃快趁热吃了吧,你最喜欢的韭菜饺子,吃过再刷牙。""是呀,先吃,先吃。"站在一旁的父亲帮母亲的腔,并立即将饺子盛进碗里,双手递到儿子的面前。

儿子怎么也没有想到,自己随口说出的一句话,父亲和母亲就当真了,两位60多岁的老人,竟然为了饺子一夜未眠。

那是一碗滚烫的韭菜馅饺子,很香,很香,吃得儿子想哭。

这个儿子,就是我。

我为白菜狂的日子

◇莫言

1967年冬天,我12岁那年,临近春节的一个早晨,母亲叹息着,并不时把目光抬高,瞥一眼那三棵吊在墙上的白菜。最后,母亲的目光锁定在白菜上,端详着,终于下了决心似的,叫着我的乳名,说:"社斗,去找个篓子来吧……"

"娘,"我悲伤地问,"您要把它们……"

"今天是大集。"母亲沉重地说。

"可是,您答应过的,这是我们留着过年的……"话没说完,我的眼泪就涌了出来。

母亲的眼睛湿漉漉的,但她没有哭,她有些恼怒地说:"这么大的汉子了,动不动就抹眼泪,像什么样子!"

"我们种了一百零四棵白菜,卖了一百零一棵,只剩下这三棵了……说好了留着过年的,说好了留着过年包饺子的……"我哽咽着说。

母亲靠近我,掀起衣襟,擦去了我脸上的泪水。我嗅到了她衣襟上那股揉烂了的白菜叶子的气味。我一边哭着,还一边表示着对母亲的不满。母亲猛地把我从她胸前推开,声音昂扬起来,眼睛里闪烁着恼怒的光芒,说:"我还没死呢,哭什么?"然后她掀起衣襟,擦擦自己的眼睛,大声地说:"还不快去!"

看到母亲动了怒,我心中的委屈顿时消失,急忙跑到院子里,将那个结满了霜花的蜡条篓子拿进来。

我看到母亲把那棵最大的白菜从墙上钉着的木橛子上摘了下来。母亲又把那棵第二大的摘下来。最后,那棵最小的、形状圆圆的像个和尚头的也脱离了木橛子,挤进了篓子里。我熟悉这棵白菜。因为它生长在最靠近路边那行的拐角的位置上,小时被牛犊或是被孩子踩了一脚,所以它一直长得不旺,当别的白菜长到脸盆大时,它才有碗口大。后来,它尽管还是小,但卷得十分饱满,收获时母亲拍打着它感慨地对我说:"你看看它,你看看它……"在那一瞬间,母亲的脸上洋溢着欣喜表情,仿佛拍打着一个历经磨难终于长大成人的孩子。

集市在邻村,距离我们家有三里远。母亲让我帮她把白菜送去。寒风凛冽,有太阳,很弱,仿佛随时都要熄灭的样子。不时有赶集的人从我们身边超过去。我的手很快就冻麻了,以至于当篓子跌落在地时我竟然不知道。篓子落地时发出了清脆的响声,篓底有几根蜡条跌断了,那棵最小的白菜从篓子里跳出来,滚到路边结着白冰的水沟里。母亲在我头上打了一巴掌,骂道:"穷种啊!"然后她小心翼翼但又十分匆忙地下到沟底,将那棵白菜抱了上来。我看到那棵白菜的根折断了,但还没有断利索,有几绺筋皮联络着。我知道闯了大祸,站在篓边,哭着说:"我不是故意的,我真的不是故意的……"母亲的脸色缓和了,没有打我也没有再骂我,只是用一种让我感到温暖的腔调说:"不中用,把饭吃到哪里去了?"然后母亲就蹲下身,将背篓的木棍搭上肩头,在临近集市时,我想帮母亲背一会儿,但母亲说:"算了吧,就要到了。"

终于挨到了集上。市上只有十几个卖菜的,有几个卖青萝卜的,有几个卖胡萝卜的,还有一个卖菠菜的,一个卖芹菜的,因为我经常跟着母亲来卖白菜,这些人多半都认识。母亲将篓子放在那个卖青萝卜的高个子老人的菜篓子旁边,直起腰与老人打招呼。听母亲说老人是我的姥姥家那村里的人,同族同姓,母亲让我称呼他为七姥爷。他将两只手交叉着插在袖筒里,看样子有点儿高傲。母亲让我走,去上学,我也想走,但我看到一个老太太朝着我们的白菜走了过来。我认识这个老太太,知道她是个孤寡老人,经常能在集市上看到她。她用细而沙哑的嗓音问白菜的价钱。母亲回答了她。她摇摇头,看样子是嫌贵。但是她没有走,而是蹲下,揭开那张破羊皮,翻动着我们的三棵白菜。她把那棵最小的白菜上那半截欲断未断的根拽了下来。然后她又逐棵地戳着我们的白菜,用弯曲的、枯柴一样的手指。她撇着嘴,说我们的白菜卷得不紧。母亲用忧伤的声音说:"大婶子啊,这样的白菜您还嫌卷得不紧,那您就到市上去看看吧,看看哪里还能找到卷得更紧的吧。"

我对这个老太太充满了恶感,你拽断了我们的白菜根也就罢了,可你不该昧着良心说我们的白菜卷得不紧。我忍不住冒出了一句话:"再紧就成了石头蛋子了!"

老太太抬起头,惊讶地看着我,问母亲:"这是谁?是你的儿子吗?"

"是老小,"母亲回答了老太太的问话,转回头批评我,"小

小孩儿,说话没大没小的!"

老太太将她胳膊上挎着的柳条笸斗放在地上,腾出手,撕扯着那棵最小的白菜上那层已经干枯的菜帮子。我十分恼火,便刺她:"别撕了,你撕了让我们怎么卖?"

"你这个小孩子,说话怎么就像吃了枪药一样呢?"老太太嘟哝着,但撕扯菜帮子的手却并不停止。

她终于还是将那层干菜帮子全部撕光,露出了鲜嫩的、洁白的菜帮。这样的白菜,包成饺子,味道该有多么鲜美啊!老太太搬着白菜站起来,让母亲给她过秤。母亲用秤钩子挂住白菜根,将白菜提起来。

终于核准了重量,老太太说:"俺可是不会算账。"

母亲因为偏头痛,算了一会儿也没算清,对我说:"社斗,你算。"

我找了一根草棒,用我刚刚学过的乘法,在地上画算着。

我报出了一个数字,母亲重复了我报出的数字。

"没算错吧?"老太太用不信任的目光盯着我说。

"你自己算就是了。"我说。

"这孩子,说话真是暴躁。"老太太低声嘟哝着,从腰里摸出一个肮脏的手绢,层层地揭开,露出一叠纸票,然后将手指伸进嘴里,沾了唾沫,一张张地数着。她终于将数好的钱交到母亲的手里。母亲也一张张地点数着。我看到七姥爷尖锐的目光在我的脸上戳了一下,然后就移开了。一块破旧的报纸在我们面前停留了一下,然后打着滚走了。

等我放了学回家后,一进屋就看到母亲正坐在灶前发呆。那个蜡条篓子摆在她的身边,三棵白菜都在篓子里,那棵最小的因为被老太太剥去了干帮子，已经受了严重的冻伤。我的心猛地往下一沉，知道最坏的事情已经发生了。母亲抬起头，眼睛红红地看着我，过了许久，用一种让我终生难忘的声音说：

"孩子，你怎么能这样呢？你怎么能多算人家一毛钱呢？"

"娘，"我哭着说，"我……"

"你今天让娘丢了脸……"母亲说着，两行眼泪就挂在了腮上。

这是我看到坚强的母亲第一次流泪，至今想起，心中依然沉痛。

27瓶黄泥咸鸭蛋

◇张秀芝

我当了20多年的狱警，每天都能看到各种各样的人来探监，他们给服刑人员带的东西也是五花八门。而给我印象最深的是服刑人员李大山的母亲带来的——27瓶黄泥咸鸭蛋。

20年前的初夏，我正在值班，迎面走来了一位老人。她步履蹒跚，肩上还挑着两个黑漆漆的腌菜用的坛子。老人对我说，她是来看儿子的，坛子里全是黄泥腌的咸鸭蛋，"是大山平时最爱吃的！"

我知道李大山，他因为包工头拖欠工资，一怒之下，将其砍成了重伤，结果被判了4年。服刑期间，他情绪一直不稳定，很不好管理。按规定，探视时给服刑人员送东西是允许的，但把这两个坛子送进去却有些问题。因为给服刑人员的东西必须经过严格检查，像坛坛罐罐这类东西极易成为他们的凶器，所以是不允许送的。

"大妈，按规定这坛子是不能送到您儿子手上的。"我无奈地说。老人一听,一下子瘫在地上:"同志,求求你一定把这些咸鸭蛋带给大山,他吃了就会好好改造了。"

接着,老人给我讲了这两坛咸鸭蛋的来历:儿子入狱后,她便想着到数百里外的监狱看儿子。因为儿子最爱吃自己腌的黄泥咸鸭蛋,她就想带些过来。为了凑足路费,她在深秋的冷风冷雨里,赤手赤脚地到藕田里,帮人扒了一个多月的藕。之后,她又上山找来最好的黄泥。等都准备好,第二年的春天她上了路,肩上挑着两个陶瓷坛子,里面存放着七八十个咸鸭蛋,外加好几斤重的潮湿黄泥巴。

她舍不得花钱坐车,就只能一路走过来。她算好日子,走到监狱大约要半个月的时间,那时鸭蛋已入味,儿子就能吃了……

听完老人的话,我更犯难了,但向上级请示后,还是得到了批准:只要换个东西放咸鸭蛋,像塑料的饮料瓶,就可以送进来了。听到这个消息,老人顿时又来了精神,连忙说:"我这就去找!"马上挑起坛子,高兴地走了。

再见到老人,是一个多星期后。这次她带来了27个大大小小的饮料瓶,每个都装满了黄泥裹着的咸鸭蛋!

那时的饮料瓶远不像今天随处可见,再加上监狱地处偏僻,空饮料瓶更是难找。为此,老人走到最近的一个小镇,花了好几天的时间才捡够27个瓶子,然后剪掉瓶底,装上咸鸭蛋。

经过一系列繁杂的检查,等老人走后,咸鸭蛋才交到李大山手上。当看到那花花绿绿的饮料瓶,听完我的讲述后,他再也控制不住情绪,朝着母亲离去的方向扑通跪下,大声哭喊道:"妈,我一定好好改造,争取早日出去!"

老人临走时还让我给大山带句话:"好好改造,妈还会再来送黄泥咸鸭蛋。"

偷一顿晚饭

◇柏邦妮

很喜欢的八个字是："一切有情，依食而住。"

在我们生命中，一切美好的回忆似乎总与食物相伴。并非当时的食物多么美味，而是如果没有食物，总不够圆满。

什么是最忠实的？不是我们的心，是我们的胃。不知不觉发现，自己慢慢地学会了做饭，热爱厨房，喜欢在盆碗灶台之间耽溺一个个黄昏和夜晚，喜欢在饭桌边拢住一堆朋友和亲人，喜欢煮好一锅汤的时间，也许就为了给客居的自己，找到一点儿家的感觉。还有什么声响，比这些更像一个家？

但是，总有些时刻，"像个家"满足不了你，你想真的回家，和家人一起吃一顿晚饭。于是我回家了，不是节假日，也没有特殊的理由，就为了一顿晚饭。知道消息的时候，他们照例是高兴的，问都不问一句为什么回来。

那天,爸爸和妈妈早早就起了,出外买菜。我还没醒,就迷迷糊糊听见妈妈在外屋打电话:"徐螃蟹啊,你家的螃蟹今天怎么样?"妈妈的手机上存了很多小贩的电话,"徐螃蟹""赵大虾""黑妹子水果",只要一接电话,他们都知道,是我回来了。

上午十点,厨房地板上已经摆好了战利品,新鲜的海螺、大虾、螃蟹和鱼。宰杀活鸡,爸爸取下胸脯最鲜嫩的两块肉入菜。这道菜是我们的家传菜,据说曾祖父是一方名厨,这道菜是看家本领,叫作"六月雪"。做起来极其费事,不胜其烦。

先将嫩鸡胸脯肉取下,用刀背细细斩剁成泥,用鸡蛋清洗鸡肉泥,细细过滤,鸡肉渣滓都弃去不用,只要肉浆。起一个猪油锅,将鸡肉浆在油锅里爆炒,炒出来一片片洁白松软。看似简单,特别考究火候,火候不够,炒出来成汤成水,不行;火候老了,炒出来结块成团,也不行。

平时,爸爸忙着做老家的炒面,一边做,一边唠叨家务事版本乙。那些烦心琐事,也和芝麻们一起被搅拌打碎了吧?做完了炒面,爸爸舒坦多了。我珍惜那些饭桌上的时光,也珍惜此时此刻,饭桌下的时光。

带着炒面、炸好的藕盒和酥肉,带着回家吃一顿饭长出的新肥肉,我又坐上回北京的飞机。"如果你三十岁,你父母六十岁,每年春节才回家和父母一起待七天,那么,假设你的父母能活到九十岁,那么你也只能和父母在一起吃一百二十次晚饭了。"是的,最初,就是这道简单的数学题打动了我。

我为我偷到的,多出来的这一顿晚饭,感到庆幸。

北方有盛宴

◇吴惠子

直到十一岁,我才吃到这辈子第一个汉堡包。

火车北上,我妈说,女孩子应该多出去走走,眼界宽,气质自然就好了。她问我到了北京最想干吗,我冥思苦想,憋了半天。

爬长城,吃汉堡。

我妈惊愕,不可思议地看着我。她哪知道,爬长城和吃汉堡,已经是我对北京这座大都市所有想象力的极限,我妈也同样突破了自己的极限,意识到我比她想象中还要土一万倍。于是我们下了火车还没来得及放下行李,她就冲到麦当劳给我买了我这辈子第一个汉堡。

汉堡是胡椒味的,十一岁的我怀着忐忑激动的新鲜劲儿,像第一次加入少先队佩戴红领巾,捧着软软的汉堡认真地咬了一口,又认真地咬了第二口。

崩溃。

又黑又黏的胡椒酱，滋味奇怪，难以下咽。我抬头看看我妈，再看看周围，大家明明都吃得比我香。由于担心我妈再次嫌我土，我勇敢地把汉堡吃完了，心情非常复杂。

可谁知道这种被全世界背叛的感觉，竟接踵而至。

第一次喝到固体状的酸奶，第一次吃到从水里捞出来的不仅不带汤还要蘸醋的饺子，第一次发现这个世界上除了尖椒肉丝还有甜甜腻腻的京酱肉丝，第一次端起撒了葱花和香菜的咸豆腐脑，第一次遇到放糖不放盐的西红柿炒鸡蛋。我狭隘的味觉突然就慌了，心里也慌了。

当我第一次涮北方的清汤火锅，发现锅底居然没有猪蹄和土鸡的那一刻，我不屑一顾，心想这清澈见底的一锅水，也能算火锅？但是新鲜的羊肉放在铜锅里烫一烫，往芝麻酱里蜻蜓一点水，味道还是绝了。

我妈带着我吃遍了北京，又一路北上，吃到沈阳长春哈尔滨，从中国人开的小馆子吃到俄罗斯人开的西餐厅，口味跨区域跨民族，食材上天又入地。那个寒假，我的每顿饭都像盛宴，我鼓励自己在带着冰碴儿的生拌牛肉里振作，也纵容自己在晶莹剔透的锅包肉里沉沦。

我回味着北方才有的盛宴，胃口大开，青春期长身体，无肉不欢。初中毕业，学校体检，班主任语重心长地提醒我注意身材，让我考虑减肥，我觉得他多管闲事，一笑而过。

我家虽然深居内陆小县城，但米缸里永远都是我妈从东北运回来的香喷喷的大米，饭桌上随时都能从平平淡淡的鄂西风味变成精致的粤式小炒。每天晚自习下课后回家，我还要风卷残云，就着中午的剩饭剩菜饱餐一顿，有一回我一口气吃了半个电饭锅的饭，我妈忍不住大发雷霆。

虽然胖是一种无法呼吸的痛，但是一想到没肉吃，我便更加心痛。思忖再三，我意识到自己的内心始终无法割舍年少记忆里的铜锅涮肉，觉得人生得意须尽欢，便毅然决然离开小县城，到北京念大学。

北方虽有盛宴，却气候干燥。我因为水土不服，刚到北京的那一年，几乎每个月都去医院报到。发烧挂水，体重直线下降，减肥效果强过任何减肥药。人一瘦，肆无忌惮，吃得更多，常常跟朋友三五成群，大街小巷地胡吃海喝。

可我们都是吃不了猴子的同类人，最大的出息，就是经常跨越半个北京，去西四北大街排队买煎饼，或是开着车从望京跑到南小街吃卤煮，夏天晚上的据点，通常都在对外经贸大学对面的车棚烧烤，冬天沿着东河沿，去南门涮肉喝啤酒，清新脱俗。铜锅"咕嘟咕嘟"冒着泡，窗户上雾气蒙蒙，路上的车辆和行人影影绰绰，肉吃腻了，就来头糖蒜，大口吃肉，大口喝酒，吹牛不胖，又幸福又满足。

朋友笑我吃起肉来像个男人，成本太高不太好嫁人，问我如果一顿没肉还能不能吃下饭，我光是听就急了，说不能，绝对不能没肉吃。我外婆总说，人有多大胃，就吃多少饭，饭可以乱吃，话却不能乱讲，世事无常，任何事情都没有绝对。

外婆说得对。

我妈得了癌症，整整十八个月，我一口肉都没吃过，也照样把每顿饭都吃下去了。那时候病急乱投医，束手无策跑到雍和宫跪了三个小时，发愿说只要我妈身体健康，我愿意吃素不杀生。我妈知道后气急败坏，说我书都白读了，太愚昧。

她问我，人如果不吃肉，身体还能好吗？女人不喝猪脚汤，皮肤还能好吗？如果吃素就能治病，还要医生干吗？她一口气说出一组排比句，气势磅礴，听起来都很有道理。但是我固执，觉得说出去的话就是泼出去的水，我说我在雍和宫见佛就跪，跪一次就说一遍心愿，绝对不能食言。最后我妈还是没拗过我，接受了我不吃肉的决心。

我妈配合医生，积极治疗。我遵守诺言，不吃肉也不杀生，连家里过路的小蚂蚁也不碰。刚开始吃素很痛苦，因为没有动物脂肪，饿得很快，经常刚吃完饭马上就饿，半夜有时候还会饿得睡不着，人一下子变得很焦虑，瘦了好多。有一回我馋得不行，做梦吃饭，夹了一块蒜香排骨，结果又在梦里清楚地告诉自己不能吃，于是放进嘴里的排骨，又被我吐了出去。早晨饿醒后我坐在床上大哭一场，觉得没肉吃的日子真的好辛苦。那时候每天早晨路过包子铺，看到店里的人吃肉馅儿的小笼包，真的就会多瞄两眼，羡慕得一塌糊涂，觉得要是能进去吃上半屉，简直就是人生第二大梦想。

现在两个梦想都实现了。

医生妙手回春，首先我妈的病彻底好了，她的精神甚至好过从前，其次我在朋友和我妈的反复劝说下，终于开了荤。但因为太久不吃肉，第一口老鸭汤，确实腥了我一把。朋友带着我连吃了三天肉，可是真的也就新鲜了不到一个礼拜，我发现，肉也没有想象中那么好吃，有时候青菜煮面，似乎更爽口一点儿。

现在跟客户吃饭，山珍海味满满一桌，大家你来我往把酒言欢，但我的食欲大不如前，味同嚼蜡，经常走神。奇怪，这不就是我曾经心心念念的北方盛宴吗？高朋满座，热闹非凡，但盘子里的菜，味道怎么像变了？

心口仿佛有一束光,沿着喉咙撞过来,把舌头上的麻辣鲜香都冲淡了。世人皆有五蕴,最先变老的原来是味觉。春风得意马蹄疾,一日看尽长安花,天南海北的缤纷筵席,吃份儿新鲜,吃不出团圆。

小时候我信誓旦旦,要吃遍全球,可眼下,走到北京,已经是我能从家里走出来的最远的距离。风风光光的北方盛宴,恐怕再使劲也推不到高潮了吧,因为生命里真正的高潮早就出现了:

我妈撸起袖子,在厨房三下五除二露一手,凉拌木耳,白灼芥蓝,丝瓜炒蛋,清蒸老虎斑,配一碗干贝白菜汤,添一碗喷香的白米饭。

四菜一汤,尽是滋味,千金不换。

煲汤的人最温柔

◇Windy Ye

喝起西方人的汤,总是第一口惊艳,第三口寻常,到了第九、第十口就已经无法招架,极有名的法国洋葱汤,我从来喝不完三分之一。

而玉米胡萝卜块和排骨一炖,豆腐白菜再下一点儿粉丝一煮,便是我冬日里最好的享受。

要说中国的汤,半壁江山必须是广东人撑起来的。

粤人最懂得怎么吃得养生。鸡鸭鱼肉加上菌菇百草,煲出万花筒般种类繁多的汤,肉香混着草药的回甘,美味还兼具滋补的疗效。

吃饭时,第一道先上汤,一桌人各盛一碗喝一轮,才上菜。

这种吃法,一来润胃,二来能用汤水先填起饱腹感,控制食量,可谓聪明。

过年回家的广东人，刚踏上飞机，估计家里的汤已经开始熬了。

而广东人，还能用"煲"的方法，创造出大量甜品。

刚到广东上学的时候，听到"糖水"，还以为是白糖加水，之后，才明白大有乾坤。

双皮奶、红豆冰、木瓜银耳、绿豆马蹄、椰汁西米……这些都是糖水。

而一所大学门口，一定得有几家糖水店。社团联谊，朋友小聚，情人约会，十有七八都是一起去喝糖水。

到了晚上，糖水店都是爆满，小小的店里坐不下，外面加了好多张桌椅，老板娘递来一张类似答题卡的纸和一支2B铅笔，转身就去招呼下一拨学生。勾勾画画老半天，"吾该"叫了老半天，伙计才注意到你，一溜烟收了纸，过了老半天才端上糖水。

某次，在湖南读书的朋友来我这儿玩，看到学校这夜宵糖水铺的情景，大感不解："天哪！这样的夜宵也能吃？"

在他那里，校园外十里长街，全是烧烤摊。一箱啤酒，烤肉串茄子土豆韭菜，再雷暴雨似的撒上辣椒粉，铺满一整桌，才叫夜宵。

粤人务实，湘人血性，一方水土养一方人，一方饮食也正塑着一方人的性情。

烹饪的精妙，正源于各有风味的食材碰撞在一起时的味蕾反应，而汤，让食材充分融合，再汇上水的润泽，带来的，不仅是舌尖的享受，更是身心的滋养。

胃虚时，体弱时，受寒时，心累时，喝碗汤，便能宽慰，其余健康的日子里，多喝汤，也是增益良多。

过年回家看奶奶,老人家定会塞给我们土鸡土鸭,要么就是新鲜的鲢鱼头,要我们拿回家炖汤。

高三的时候学习紧张,老妈隔三岔五就炖着老鸽天麻,之后有段时间胃不好,猪肚莲子汤就是家中常备菜。

家乡有句老话:"汤里都是情,爱喝汤的人多半重情义。"

细细地熬煮,一点一滴地观察着食材的变化,最终萃出精华汇于一碗,这样的食物定是带着浓浓真诚。又怎么可能不温暖人心?

难怪煲汤的时候,人会显得特别温柔。

外婆的荞麦冷面

◇大姜仔

去年夏天,二姨母生病住院,家里的晚辈轮班前去陪护,人人手里拎着食物和补品,病房里堆砌得像一个小型美食展览会。

只是长久的输液让二姨母始终没有胃口进食,常常是举起筷子尝一口就又放下。

送进病房的食物花样越来越多,补品更是堆成了小山,可姨母日渐憔悴,病情毫无起色,这让家里人都伤透了心。

直到有一天,二姨母在输液时望着窗外的艳阳天,忽然开口说:"这样的天气,真想吃一碗妈妈做的荞麦冷面啊。"

陪护的小姨母立即拉着我去附近的冷面馆打包了一份,趁着冰块还没化,摆到二姨母的餐桌上。

透明的大号玻璃花瓣碗,一卷儿筋道的荞麦面浸在掺着冰碴儿的冷面汤里,面的周围依次环摆着鸡蛋丝、苹果条、黄瓜丝、胡萝卜丝和白梨丝,颜色深浅交错,长短整齐划一,面顶盖着厚厚的牛肉片、鸡肉丸、晶莹雪白的鹌鹑蛋和一勺火红的、掺着芝麻的辣椒酱……

也许是怕这样用心的摆盘被包装袋破坏，所以正规的冷面馆是坚持收取押金盛碗外送的。

二姨母尝了一口冷面汤，也许是酸甜微辣的凉汤打开了胃口，她很快就将面打散，一口接着一口地吃了起来。

小姨母笑看着她打趣："盛夏时节，再多的美味也抵不过一碗荞麦冷面吧。"

"是啊……"二姨母干脆端起大碗，"咕嘟咕嘟"地喝了几口冰镇的汤水，然后满足地深呼出一口凉气，"吃得好饱啊！虽然没有妈妈做的好吃，但是真的吃了很多。"

小姨母接过话茬："怎么能和妈妈做的比，妈妈做的荞面冷面……说起来，真的很久没吃过了。"

是啊！听说外婆做的荞麦冷面，光是做汤就要耗费好几个小时。

"如果不是想吃妈妈做的冷面，那时候我可能也不会回家了吧。"

就这样，二姨母开始笑吟吟地谈起了往事。

原来她在读大学时遇到了当时还只是学徒工的姨父，两人一见钟情，很快就走到了一起。

爱女心切的外公得知此事大发雷霆，说什么也不同意自己的女儿跟一个一穷二白的穷学徒在一起，甚至气得把暑假回家的二姨母关在房间里不准她外出。

也许是爱情的力量太过强大，瘦小的二姨母竟然趁家里没人时拆掉了窗户，和姨父私奔了。

也许在二姨母的眼里,他们是壮烈的,炎炎夏日里,两个年轻人走在彷徨的离家路上,那么勇敢无畏。在姨父的眼里却是懦弱和亏欠,所以他只陪着二姨母胡闹了两天,就带她回去向外公和外婆赔罪。

听说他们低头走进家门的时候,外婆什么话也没有说。只是走进厨房,端了两碗冷面出来给他们解暑消渴。

两个人大口大口地喝着冷面汤,大颗大颗的眼泪就落下来。

传统的冷面并不是一时半刻就可以上桌的食物,那碗看似简单的冷面汤,是以全瘦精牛肉为主,蒲公英、白芷、苍耳、香附子等数种草药为辅,细细熬煮了六到七个小时,再放入爽口的醋精、细糖和少许甜汽水才算完成。

外婆端到他们面前的,是一个妈妈在等待归家的孩子时所能做的全部的努力和包容。

也许正因如此,已经育有四个儿女的二姨母,才会在生病脆弱的时候,格外想念外婆做的荞麦冷面。

那碗当她还只是一个孩子的时候,曾经等待过她、包容过她、原谅过她的最好的食物。

也许心意和时间都是有味道的,它们不只停留在味蕾,还停留在可回顾的温柔岁月里。

鸡汤乃百搭神物

◇张佳玮

江南人吃牛羊肉不及北方人壮阔，猪肉是家常男人爱吃的，多少肥厚粗俗些。唯有鸡肉，既细腻又便宜，于是男女通吃。鸡脖子肉味婉约，鸡翅肉修长柔嫩，鸡胸背肉厚实好吃，鸡骨软脆，鸡腿健美，鸡爪耐嚼，鸡的五脏六腑都能拿来下酒。鸡的全身上下，一丝不落，都是美味，而且能提供最美好的东西：鸡汤。

我外婆住的地方，出门绕弯有个养鸡场，旁边一座小桥跨在河上，就叫作鸡场桥。我爸常开玩笑，说我活了二十多年，吃的鸡大概不下一个养鸡场了。且说我家惯例，鸡是用瓦罐炖，早晨起火，晚上起锅，鸡油全被熬出，汤面一片金黄浓郁，热气不起，油重之故也，类似于过桥米线，鸡肉酥烂，取根骨头都可以划开，一缕缕浓香入口。鸡汤可以炖笋、百叶，甚至蘑菇，浇在饭上更是完美。虽然我妈屡屡提醒我汤泡饭不利于消化，但看在鸡汤能骗我多吃两碗饭的分儿上，总是放行。中国鸡汤，简直堪称人类文化遗产。文人所秘传的食单里,多少东西要它就着?鸡汤是百搭神物,既不喧宾夺主,又默默奉献鲜甜之味,所以士大夫们大爱之,觉得有君子风度,比猪牛羊都多点儿斯文劲。而且鸡非常乖,清炖鸡汤可以淡雅鲜甜,拿来做叫花鸡也可以酥香厚味,红烧栗子鸡、油炸鸡这样大味加之,它也坦然承受。上得厅堂,下得厨房,江湖之远、庙堂之高都合适。所以袁枚说:"鸡功最巨,诸菜赖之。"

江南除了把鸡炖汤,还爱把鸡白斩,上海人尤其着迷。唐鲁孙写谭家菜当年的白斩鸡至为精彩:选极嫩的鸡,用开水硬生生烫熟,嫩滑香甜,不失鸡的本味。白斩鸡的原理其实和蒜泥白切肉类似,取的是个清净、口感、味道三不误,只是适合下酒,不利下饭。我在重庆吃口水鸡,似乎白煮时比白斩时要多一个轻盐略腌的程序,浇的红油料也要浓郁得多。白衣仙子上脂粉,清嫩加香辣,极漂亮的对比。

烧鸡是最便于携带的鸡,不那么汤汤水水,所以五湖四海常见,尤其是赶火车出差的大叔们的最爱,各地风味又不同。江南烧鸡常有点儿酱甜香,北方腌得干香有嚼头,西南的烧鸡偶有花椒香,反正鸡性格平和,管你怎么调理,留给自己一点儿淡鲜就罢了。

小时候喝鸡汤,外婆和妈妈总抱怨鸡不如当年鲜。我那时舌头还钝,不知道鸡好与不好、鲜与不鲜差距何在,心想大概又是"一代不如一代"论吧。长大后吃得多了,大概明白了些。

当年麦当劳、肯德基刚杀到台湾时,诸位古典派美食家纷纷痛心疾首。我虽然没觉得如此夸张,但觉得快餐鸡不那么鲜倒是真的。快餐炸鸡味重,面裹之,油炸之,香料浓厚,鸡肉只提供口感嚼头,本身味道似乎不大高明了。国外归来的朋友都感叹国内的快餐鸡已算好的，纷纷指责北美鸡如何腥。我妈说北美鸡激素多有害健康，我是不大信的。只是外国鸡腥而单调，味道不如中国鸡的确是真的。

  鸡汤鲜与不鲜，没法用化学元素分析出来，只能凭感觉、凭心一点点领悟。许多朋友都说，谈及家里的温暖记忆，总是有一锅鸡汤水汽氤氲着，是妈妈用心熬出来的。然后，妈妈们总是会小心地把鸡腿留出，自己吃鸡脖子、鸡翅，爸爸吃鸡爪，同时还笑眯眯地说爱吃鸡脖子，肉细。这点儿感觉历久弥新，时间越久越深印入骨。鸡没什么太剽悍的性格和味道，但温淡可人，其鲜悠远，和家相仿。大概少年时的家，就是一鸡一黍，一点儿米饭谷香加一点儿清淡温暖的鸡汤鲜味了。

牛骨头

◇张玉清

秋耕时,生产队的"黑瞪眼"跟邻队的一头公牛顶架受了伤,自此一蹶不振,至秋末,眼见其伤势难愈,队长便决定杀了它吃肉。

喜讯像长了翅膀似的,在孩子们中间飞来飞去。队长和会计张罗着分肉事宜。会计手里倒托着一顶油腻腻的帽子,里面是白纸做成的阄。队长在喊:"抓阄了!抓阄了!"

各家各户的代表从人堆里钻出来,上前抓阄。一头牛的内脏、蹄、血等物数量有限,没法按人口均分,所以每逢这种时候就把这些东西分成若干份儿,做好阄,由大家来抓,看运气,谁抓到什么就得到什么,抓到"肝"的得肝,抓到"肺"的得肺,抓不到的没有份儿。

凡有这样的事,我家全是我爹出马。我焦急地在人群里寻找我爹,却见我爹眯着眼,不紧不慢地吧嗒地抽着旱烟,根本没有去抓阄，又忽地把烟锅一磕，站起身往队长跟前凑着要说话。

原来爹是在跟队长商量，要用放弃抓阄的权利来换取那一副牛骨架。

我一听急得都要哭了："爹，咱不要肉要骨头干啥？不要骨头！不要骨头！"

爹怪我多嘴，用烟锅往我脑门上一晃："你懂啥！"

我爹往筐里装牛骨头时，人群里就有人议论："嘿，不要肉却要骨头？"

"这牛骨头比肉上算？"这是奚落和疑问。

"七叔是精细人，他不要肉要骨头必有道理。"

我跟在爹后面，打量爹背筐里的牛骨头，每一块都白森森不见肉星，心里埋怨爹糊涂。

到了家，我娘早已迎在院子里，一见我爹背来一筐牛骨头，立刻变了脸。我爹重重地放下筐，喘了口气，说："先别急，先别急，一口人一斤肉，咱家总共才能分四斤肉，我把它换了这筐骨头。"

我娘说："换骨头干什么？你看看这骨头上一点儿肉都没有！"

我爹说："咱炖着看，看有没有肉！"

爹搬了三块石头，在院子中央摆成"品"字形。我爹再把这大铁锅搬起来架在石头上，就成了一个露天灶。爹吩咐我娘把锅刷干净，让我去三娘家里借来一把大铁锤。

爹已经担了一担水放在院子里，先将我家门口的石台阶冲刷干净，自己又将铁锤在清水里洗了两遍，这才要我帮着他砸牛骨头。

就在洗净的石级上，爹将筐里的骨头一块块拿出来用铁锤砸。

牛骨头特硬,爹脱了褂子,让我躲开些,抡圆了铁锤奋力砸。砸了足足一个小时,才将那些骨头全部砸完,爹累出了一身汗,我在一旁帮忙,双手也被震得发麻。爹把这些骨头用清水洗了一遍,投在架起的大铁锅里。

娘抱来了秸秆,正要添水点火,爹却拦住了,说:"先别点火,这东西得用硬火炖,等我去拾些好柴来。"

爹说完,背起那只原本装牛骨头的大筐,拿了一把镰刀,拽上我去了村东的树林子。

爹告诉我别捡枯枝败叶,只捡粗的树枝;又让我仰起头往树上看,找树上已风干但还没有掉下来的干树枝。爹说干树枝烧起来有火力,这样才能把牛骨头炖好。

天已经快黑了,把弄到的干树枝一根根折断,长的捆成一捆,短的装在筐里。

到了家,爹吩咐娘用屋里的锅灶先做饭,吃了饭再炖骨头。我等不及了,说:"还不赶快炖骨头啊,人家可都吃上了!"

我爹说:"今天是吃不上了,这骨头得炖一宿呢。"

吃了晚饭,爹放下筷子就去烧火炖骨头。

爹蹲在灶前,看着火势添柴,让火始终保持旺盛的势头。

娘拿来了葱、姜、大料,这些都是炖肉的作料。爹却急忙从灶前站起来,把这些作料从娘手里拿过去,说:"先别放这些东西,什么也不能放,先用白水熬。你们谁也别插手,全由我来管。"

娘说:"你这是弄什么啊?"

爹胸有成竹地说:"你们该睡觉就睡觉去,明天早晨再来看。"

娘嘀咕了一句回屋哄妹妹睡觉去了,我不肯走,凑在爹跟前。

锅盖下沸腾的水"咕嘟咕嘟"地响着,诱人的肉香由淡至浓地溢出来。我坐在爹身旁一边咽着口水,一边不住地打哈欠。爹不住地添柴,但我们拾来的柴连一半也还没有烧完。

我实在忍不住了,问:"爹,还没熟吗?"

爹说:"得等这些树枝都烧完才行,你先去睡觉吧。"我极不情愿地回屋睡觉。砸骨头、拾柴早已把我累得够呛,回到屋里头一落枕头我就睡着了。

半夜里我醒来一回,迷迷糊糊从窗子往院里看,见灶上已没了火,只剩一堆余烬仍一闪一闪地在黑暗里亮着,爹仍静静地守在灶前,嘴上的烟锅一明一灭。

我轻轻敲了敲窗玻璃,小声叫:"爹——"爹听见了,磕了一下烟锅,起身掀开锅盖捞了两下,用碗端进来一块骨头,小声说:"吃吧。"

我抓起骨头来啃,上面只一点点筋肉,炖得十分软烂,入嘴即化,淡巴巴的,没味道。我把碗放在炕上,就又睡了。

第二天早上,我刚醒来,爹便在院子里喊我们出去看。

爹掀开锅盖,我们惊讶地张大了嘴巴。只见锅里一片白汪汪,牛骨头炖出了油,这些油凝固成了一个光润的镜面——天哪!那是小半锅的油啊!

爹在一旁笑眯眯地吧嗒地抽着烟,脸上全是得意。

娘也非常高兴,十分佩服地看了爹一眼,在爹的指挥下端了个大盆出来,拿了铲子去铲锅里的牛油。在那个穷年月,这么多的油简直是一家人的宝贝呀。

厚厚一层牛油下面是碎牛骨头和肉汤,待娘把牛油铲净,爹让娘往锅里放了作料和盐,把捞出的骨头和剔下的肉又放进去,灶下

添一把柴点燃,又煮上一小会儿,这才出锅。

牛骨头上的一点点肉星几乎都炖化了,汤却稠得像粥。这顿饭,我和妹妹吃得狼吞虎咽。这是我童年里吃得最香的一顿饭,炖牛骨头!

那些牛油,娘铲了满满一盆,我家吃了整整一年,一直吃到了第二年的秋天。

梦里掉下红烧肉

◇虹影

本来准备缩紧胃口,让小蛮腰显现,可在香港一周,每日遍尝美味,原计划泡汤。最后一晚在中环著名的镛记,盼了许久的烧鹅端上来,那鹅又肥又香,皮脆肉嫩,吃到嘴里既不油腻也不干涩,酱汁咸淡恰到好处。环视周遭桌子,全点了这菜,难怪镛记创始人甘穗辉先生被称誉为"烧鹅辉"。

时光倒退几十年,在我小时候,若是用猪油酱油拌米饭吃,那如同过年一般快乐。

谁怕肥肉?谁都不怕,且谁都不胖。

家里有客,才有可能用肉票。排长队为的是大肥肉,第一可以打牙祭,第二可以熬些油存着做菜,做回锅肉有汤、有肉,还可以熬油,一举三得。

有一次吃红烧肉是在一个亲戚家。那时我上小学了,跟着母亲去一个亲戚家。我们半夜去的,在一个小巷子里拐来拐去,最后停在一幢房子前,走上吱吱乱叫的楼梯,进到一个灯光昏暗的房间里,好些大人站着,在唉声叹气,锁着眉头嘀咕着,还有几个小孩子,歪七倒八躺在床上。隔了好久,天都要亮了,问题似乎有了办法解决,舅妈才端出两个锅来。一个锅是大米饭,很稀罕的,因为大米紧缺,一般都配有杂粮;一个锅里是野山菌烧肥肉,锅盖一揭开,香气扑鼻而来,房间里死气沉沉的气氛顿时活络起来。那肉结结实实的,即便是烧的野山菌,也没裹掉多少油,吃在嘴里,油星四溅,舒软有致,都舍不得吞进喉咙。

之后好些年,我都总爱做同一个梦,梦见自己摸黑走路去找一个楼梯,可总是找不到那舅父家,自然也找不到那野菌烧的香喷喷的肥肉。

三十多年过去,这个炎夏我在意大利度假。这个位于西帕尼尼山顶的福祉镇,不管猪羊牛肉,还是水果蔬菜,大都是绿色食品。一周前向镇上肉店订了一个七八公斤的大猪头,这日按约去取回家,我花了一个下午处理这个怪物。我专门剔出肥肉,取盒盛好。

晚上烤海鱼吃时,未放黄油,替代放肥肉。家人称赞这鱼与以往不同,奇嫩无比,配着红葡萄酒,下口爽得恨不得高声欢叫。

也就是这个夜里,我又梦见了家乡山城,一个人在梦中找舅父家。这次居然找到了,还是那些愁眉苦脸的大人,我还是那么小小的。听不懂他们说的是什么,最后,还是舅妈揭开锅盖,盛出野菌红烧肉。人很多,我没有座位,就站在桌子边,急急地吃着。这时母亲走过来,对我说:"傻孩子,慢慢吃,今天红烧肉多,有你吃的。"

我不相信,端着碗走到锅边守着。果然那锅里的肉量始终不少,一会儿瞧似烧白,一会儿瞧似东坡肉,一会儿瞧似粉蒸肉,肉格外厚笃笃、温情实在，让人一看就安心，一吃就满心欢喜。亲戚们吃着吃着，说笑起来。母亲居然放下碗，走到屋中央，也就是灯泡下的一块空地，她穿着一双高跟皮鞋，对着地板，嗒嗒嗒跳起舞来。舅妈过来牵我的手，跟着母亲跳起来。没一会儿，整个小房间里的大人孩子都跳起舞来，嘴里唱着动听的歌。

我醒了，母亲去世两年了，少有地梦见她，记忆中她从未穿过高跟皮鞋，也从未见到她在众目睽睽下起舞，也从未看见她那样开心，我的亲戚们那么放声大笑。

但是，有什么不可能的呢？因为他们吃了世上最美味的肥肉。

魂牵梦绕的好滋味

◇朱天衣

　　人的口味，受家庭影响最甚，特别是小时候父母喜爱的美食，常常成为你此后的念想，令你终生难忘。

　　在猪还未被大量饲养前，所有内脏都是被视为珍品的，那时还未被抗生素污染的猪肝，甚至是被当作补品看待的。记得每当父亲熬夜通宵写稿，隔天早晨母亲便会为他煮一碗佐以姜丝、小白菜的猪肝汤补元气，那汤是如此诱人，常让我忍不住在一旁看。母亲总会分一小碗汤给我，碗里虽只有青绿的小白菜，但那份香气已够我解馋了。这份记忆让我长大后，对猪肝、小白菜完全无法抗拒。不管是热炒、煮汤，小白菜永远是青蔬中的首选，至于猪肝或卤或煮也是诱人异常，即便它是堪虑的食材，仍令我很难不动箸。这全拜儿时记忆所赐。

　　自小常听父亲说起属于他的乡愁滋味，醋熘鸡子儿加些姜末可解想吃螃蟹的瘾（顶好让蛋白蛋黄分明些，再保持些稀嫩，就完全是大闸蟹的味道了），腌渍后的胡萝卜炒鸡丝则别有一番风味，香椿拌豆腐也是家常美味。

最让父亲念兹在兹的是荠菜，从小听父亲形容它的好滋味，直至回到老家才终于明白它令人魂牵梦绕的理由，以鸡子儿香煎最能显出它的鲜美，那是一种难以形容、会让人上瘾的滋味。回得台湾上穷碧落下黄泉地寻觅，才终于搞懂，此仙株产期忒短，晚冬初春时节才看得到它的芳踪。我曾试着在自家院子撒种，培育了几年总不成气候，收集半天只够炒一盘鸡蛋；后来把眼光向外放，才发现它成群结队地出现在贫瘠的马路边、公园的草丛里；至此，开车分心得很，但也因此找着了许多荠菜群聚地，竟然足够包起饺子来，只是遗憾已无法和父亲分享这份奢侈。

童年的端午，母亲包的是标准客家粽，蒸熟的糯米拌以炒香的虾米，以及切成丁的香菇、猪肉、豆干、萝卜干，再包进粽叶中蒸透，相对于别人家大块肉还加了咸蛋黄的粽子，这客家粽还真有些寒酸。而父亲包的粽子更是简洁明了，除了圆糯米什么都没有，煮到透烂蘸白糖吃，唯一引起我兴趣的就是它那造型，呈长圆锥形，被父亲命名为"胜利女神飞弹"。但等到长大，大鱼大肉吃怕了，才发现客家粽的香是其他门派的粽子无法比拟的，至于父亲的白粽子，更是愈年长愈能品出它的清香隽永，单纯的糯米香、粽叶香，佐以绵密的白糖，是足以让人翘首巴望一整年的。

有次去芬兰，一下飞机便听闻，早到的几位记者已在四处寻找中国餐馆，被我狠狠嘲笑了一番——中国人总是如此，好不容易出国，不好好享受异国美食，却只想回到自家厨房取暖。不想，才吃了两天的培根、火腿、面包、沙拉，我的脾胃也犯起了思乡病；还好有先见之明，带了几包泡面，晚上回旅馆，一碗热腾腾的汤面下

肚，真是南面王不换。

待到第六天，终于自打嘴巴地跟着那些记者朋友，觅得一中餐馆，打开菜单，吓死人地贵，但一行六人包括我在内谁也没抱怨，全员埋头大吃，盘盘见底，约莫把人家的饭锅也给清空了。

所以牛牵到纽约还是牛，自小养成的胃口，就像烙印般，想忘也忘不掉。

第三章

我懂你的人间滋味

饭桌上识人

◇于肥

每一个企业家都有自己的一套识人方法，虽各有妙招，但不外乎以小见大、见微知著。

金仁宝集团董事长许胜雄有一套识人招数。他认为在集团内要成为一个总经理，就要懂得带兵、带心。而如何看出一个总经理有没有这种特质，他认为可以从饭桌上观察出来。

许胜雄说，他和员工去吃饭时，会观察员工的吃饭行为。他举例，如果八个人去吃，刚好有一道菜是八块肉，这时，如果有一个员工只顾自己一直吃眼前这道菜，忘了别人还没吃到，在许胜雄眼里，这个员工的表现如何呢？答案是："这种人，即便能力再强，最多只能当副总，不可能当总经理，他没有分享的概念。"

台湾裕隆集团董事长林信义，也曾尝试过"饭桌上的招聘会"："我们以前的面试很精彩，来应聘的人，公司都请他吃饭，因为我们是自助餐，平常有二三十样菜，从吃饭的态度、动作，都可以看出门道。"

　　林信义观察到:"有的人拿很多,看到这个好吃那个好吃,一直拿,最后吃不完,他可能分寸不够,包揽了很多工作,做不完;有人先拿一次,吃了蛮好吃的,再去拿一次,他会量力而为;如果每次都拿很少,那他其实也是浪费了很多时间;有人很拘谨,吃了很少的东西就不再吃了,那我说他浪费了一顿免费午餐的机会,也很可惜。"

　　林信义说,这些饭桌上的观察,并不是事先通知好的面试内容,即使让应聘者知晓也没关系,这些生活小事几乎是无法掩饰的。但是,他也并不会因为餐桌上的某个细节而断送应聘者的前程:"我不会说你吃饭习惯不好就不用你,其实这些人或许都可以用,可以借此了解他们的性格优缺点在哪里。"

　　平日里,下属与林信义之间的交流,对他也是重要的参考:"无论你跟他讲东还是讲西,他都完全附和你,这种人最好不要安排在要害职位,他只是一个执行者。他会把你交代的事做得很有效率,错的也会做得很有效率,所以,他不是可以独当一面的人。"他喜欢下属的风格是,给主管提供选择题,而不是是非题:"你应该给他提出,A方案、B方案、C方案,分析各自的优点、缺点,然后说你建议用哪个方案,为什么。"

　　如果一个人的价值观有偏颇,就很难要求他具备忠诚、正直等品质;如果一个人的价值观与企业提倡的价值观有很大的差别,就很难融入企业的整体氛围中去。也就是说,如果企业在选人时,没有充分考虑到人才的价值取向问题,就很难指望招聘的人会为公司做出贡献。

老板尝剩菜

◇翟杰

楼下新开一家餐馆,由于刚开业,还没有回头客,和其他餐馆相比,生意略显冷清。

那日,有朋友来访,我和朋友都是喜欢清静的人,见那家餐馆只有一桌客人,便推门走了进去。

老板赶紧起身招呼。坐毕,我们点菜,不到一个小时,一瓶白酒已经见底。

送走朋友,我独自向楼上走去。正要开门,发现钥匙不见了。或许吃饭的时候,落在餐桌上了?我快步奔向餐馆。

此时,餐馆里只有老板一个人。见我回来,他赶紧放下筷子。用最快的速度把嘴里的菜咽下去,然后问我:"是来拿钥匙吧?"

不等我回答,他转身走到前台,拿起一串钥匙,递到我的手里。我点点头,准备表示感谢,然后离开。

突然,我的目光落到老板面前的三道菜上。我一下子愣住了,其中两道正是我和朋友刚吃剩下的。

老板似乎意识到我的惊讶,看看桌上的菜,又看看我,有些不好意思起来。

"看这几道菜你们没怎么动筷,我尝尝口味有什么不对。"

忽然,我的内心滋生出一股暖流,和他攀谈起来。以前,他是做橡塑生意的,遭遇意外破产,为了还清债务,只好变卖厂房,来到这里开了一家餐馆。

这时,从厨房走出一个系着围裙的女人。"这是我老婆,连累她跟我一起受苦。"老板有些内疚,话锋一转,对妻子说:"这位是刚才在咱家吃饭的客人。"

女人看看桌上的菜,忽然,眼睛一亮,说:"你还不赶紧请教人家,这菜哪个地方做得不好?"

女人话音刚落,两个人的目光同时落到我身上。

"挺好的,"我说,"今天,点的菜多……"

老板又拿起筷子,夹了一块鱼,放到嘴里,咂几下嘴,似自言自语,又似向我求证:"胡椒放得有些早,醋也放少了……"说罢,一脸认真地看着我。

"再少放些盐就更好了。"我说。

我们三个人,你一言,我一语,像是大夫给病人会诊。

从那天起,我格外关注他的生意。几个月过去,那家餐馆已经成为整条街最火的店。

一次,又与朋友去吃饭,当我把那件事情告诉他时,朋友看着满屋的客人,深有感触地说:"每个人的成功,都不是没有道理的。"

吃菜见性情

◇陈鲁民

南宋朱弁《曲洧旧闻》记载了这样一个故事：王安石做参知政事时，朋友给他家里送了一块鹿肉，说是因为他特别爱吃鹿肉。王夫人听说后，觉得奇怪，说："他从来不挑饭菜，你怎么知道他爱吃鹿肉呢？"朋友回答说："他上次吃饭，只把一盘鹿肉吃光，别的菜却全剩下来了。"夫人又问，他吃饭时，鹿肉放在什么地方。朋友说："在离他筷子最近的地方。"夫人说："这就对了，他的习惯不过是专拣离自己筷子近的菜吃罢了。"这说明王安石虽居高位，心却没用在吃上，他在推动改革上不遗余力，力求尽善尽美，在饭菜上却凑合了事，能吃饱就行，这样节俭自律的改革家当是人民福音，多多益善。但从吃菜也可以看出，他的性格缺乏变通，固执己见，结果被人称为"拗相公"，也为改革失败埋下伏笔。

明代政治家张居正则恰恰相反，一方面推动改革很坚决，反腐败毫不手软，对他人要求很苛刻，甚至对皇帝的消费都要求很严，皇帝想闹出个花钱的花样，都会被他无情地否定；另一方面，他自己的私生活却很奢侈，挥金如土，在家中天天锦衣玉食，用的是金碗、金筷，穿的是绫罗绸缎。特别是他奉旨归葬时，更是极尽奢华，《玉堂丛话》记，他坐着三十二人抬的豪华大轿，上面有客厅、卧室、茅厕、走廊，甚至配有两个仆人伺候。吃饭时菜肴过百品，还埋怨地方官对他招待不周，让他饿肚子，其实他吃菜就是吃个高高在上的威风，吃个不可一世的权势。正因为对人一套，对己一套的两面派作风，注定他的反腐败难见成效，果然，他一死，就立即遭人清算，被人当成腐败典型焚尸扬灰，好不凄惨。

在吃菜的奢侈排场方面，慈禧太后比张居正有过之而无不及。据史料记载，慈禧为了颐养天年，每天要吃珍珠粉、母乳汁等。即使是日常食谱，也是奢华至极，每天正餐两次，有菜一百大碗，小吃两次，有菜四十大碗。为侍候慈禧一人吃喝，御膳房的专职厨师就有数十人之多。袁世凯在吃菜方面要比慈禧务实得多，他每餐饭一般不超过十个菜，但"质量"很高，一般是有几个菜位置永远不动，一个是肉炒韭黄放在饭桌的左面，一个是红烧肉放在右面，饭桌中间有时是黄河鲤鱼，有时是清蒸鸭子，而且，都要用西洋参和鹿茸磨成的粉撒在上面。他还爱吃鸡蛋，一天能吃十几个：早上四个、中午四个、晚上四个，跟坐月子的妇女似的。他吃饭很快，狼吞虎咽，吃相很差，一副饕餮样子，吃完用袖口一抹了事，所以，袁世凯的袖口经常是油光发亮的。

袁世凯的吃，太贪，太俗，也太过肥腻，既不科学，也不文雅，而且从餐桌到政坛，贪婪作风一以贯之，最后居然贪到想把国家也当成一盘盛宴吃到自己肚子里，那不活活撑死才怪呢！

吃食与夺冠

◇陈鲁民

伦敦奥运会已开幕,运动员在厉兵秣马,媒体也没闲着,各种关于奥运的内容不断见报,其中一则奥运冠军食谱的报道就颇吸引眼球。

飞人博尔特的父亲得到儿子奥运夺冠消息后,信誓旦旦地对媒体说:"肯定是番薯使他夺冠的。"他还表示牙买加的番薯能给予选手们力量,在牙买加,番薯被认为是一种对身体非常有好处的食品。既然神通如此之大,博尔特为何没有背一袋番薯来参赛?可见,飞人老爹如果不是幽你一默,就是在给本国番薯做广告,巧打奥运牌。

美国游泳名将菲尔普斯的食谱也被人研究了个透。英国《卫报》记者认真记录了菲尔普斯一天所吃的各种食物。早餐,一盆麦片粥,三个三明治,五个鸡蛋煎成的鸡蛋饼,三片涂着白糖的法式吐司,三个煎饼,两大杯咖啡。中饭,500克拌西红柿酱的通心粉,两个超大号的三明治。晚饭,一大份通心粉、一个超大的奶酪西红柿比萨。结果表明,他除了食量特别大外,吃的都是一般食品,并无任何"冠军元素"可以"揭秘"。

最"惨"的还是"跳水女王"郭晶晶,她的夺冠食谱中,出现次数最多的居然是"辣椒酱加方便面""榨菜加油饼",更让人"齿冷"。

那么,到底吃什么能夺冠呢?如果一定要探讨这个问题,那就两个字:吃苦!世界上没有谁能随随便便成功,体育比赛也是如此,夺冠的主要因素无非两条:天赋条件加后天努力。天赋是爹妈给的,剩下的就是能吃苦,冬练三九,夏练三伏,挥汗如雨,吃苦受累,如果吃不了这个苦,就别干体育。记得在女子体操队夺得团体冠军之后,冠军成员江钰源的第一句话是:"现在妈妈不用去讨饭了。"因为体操训练异常艰苦,江钰源一度吃不了这个苦,想过放弃,就打电话给妈妈,说不想练了。妈妈说:"那好吧,我没有工作,你不练的话,回来跟妈妈出去讨饭吧。"江钰源在国家体操队的伙食肯定比家里要好得多,但她的奥运会冠军,却是吃苦吃出来的。

所以,我们不要光注意博尔特吃什么,还要看到他每天长达八个小时的刻苦训练;不要老盯着菲尔普斯的食谱,别忘了人家几乎每天要在泳池里游上十二公里,还要进行大量的陆地训练,他们的夺冠,除了过人的天赋条件外,就是吃苦吃出来的。即便是"马家军"主将王军霞、曲云霞当年风头无二,也是每天一个马拉松跑出来的,与装神弄鬼的吃鳖基本没关系。

当然,人是铁,饭是钢,充分保证营养是夺冠的物质基础,合理地搭配饮食也非常重要,这在哪支运动队都不成问题,营养师就

是干这个活的。但无论如何,是吃不出冠军来的——除了兴奋剂,那东西的确对夺冠见效快,但露馅出丑更快。一旦事发,身败名裂,就与告别体坛不远了,加拿大的约翰逊、美国的琼斯,就是前车之鉴。

大师也是大吃货

◇张光芒

对任何人而言,美食既是一种生理需要,更是一种生活情趣,是养生之道,亦是一门艺术。美食不仅深受市井百姓青睐,就是近现代大师,也乐此不疲。他们与美食的不解之缘,也留下了许多趣闻逸事。

章太炎最爱吃的美食,是带有臭气的卤制品。他特别爱好臭腐乳,直臭到满屋掩鼻。有一位画家钱化佛,是章府的常客。一次,钱带来一包紫黑色的臭鸡蛋,章见到此物欣然大悦,他深知钱的来意,就问:"你要写什么,只管讲。"后来,钱又不断带些奇怪的臭物来:苋菜梗、臭花生、臭冬瓜等,他前后共计得到章的题字一百多张。钱将其裱好,挂在自家店中,以每条十元售出,小赚了一把。

黄侃平生最好美食,他只要得知有某物自己未曾品尝,必千方百计得到，以饱口福，并且为了吃上这些美味佳肴不惜出尽洋相。黄侃是同盟会会员，有一天听说一些相识的同盟会会员在某处聚会，席间有不少好吃的，但没有请他。他知道是因为自己过去曾骂过其中一些人，可是怎奈肚中馋虫作怪，他不请自来。刚一进门，那些人见来的是他，吓了一跳，随后又装作很热情，邀他入座。黄侃心知肚明，二话不说，脱鞋坐下，就挑好的吃。吃完之后，他一边提鞋，一边回头冲他们说："好你们一群王八蛋！"一说完，他就赶紧跑。

傅斯年人称"傅胖子"，由于患高血压，老婆很少让他吃肉。有一天，秘书那廉君正在秘书室吃饭，傅斯年正好来找他。看到那廉君饭盒里放着油汪汪的卤肉和黄焦焦的面包，已三个月不知肉滋味的傅斯年馋坏了，顾不得面子，顿时一个箭步冲上去，一把抓起来塞到嘴里，边吃边满足地乐道："面包夹肉，是很好的三明治。"秘书被他那滑稽的满手油腻、满嘴卤肉的馋相逗乐了，但大笑之后又觉得有几丝心酸。

钱锺书曾深情赞美过美食："可口好吃的菜还是值得赞美的。这个世界给人弄得混乱颠倒，到处是摩擦冲突，只有两件最和谐的事物总算是人造的：音乐和烹调。"钱锺书和杨绛在英国留学时，受不了房东的粗劣食物而搬了家。迁居后的第一个早晨，钱锺书亲自做了奶茶和烤面包端到床前，杨绛一跃而起，兴奋不已，看来美食的力量在某些时候真是压倒一切的。杨绛说，钱锺书是一个很懂得吃的人，他喜欢带家人去品尝各种馆子，亲自点菜，而且绝对不会失手，这也可算得上一大本事了。

美食凝聚力

◇流沙

以前有"停薪留职"一说,顾名思义,用人单位不给你薪水,职位留着,你在外混得不好,仍可回来。

我曾在一家有一千多人的工厂里上班,管过一阵"劳动人事",工厂里几个停薪留职的人我都认识,他们个个有能力,不是做生意就是在外办企业,非常风光。但他们很少主动来办离职。有一位在外办厂、员工都有几十人的人,仍然"停薪留职"着,他每隔一两个月会回到厂里转一转,和工友聊聊天。

还有一个男人,停薪留职后做房产中介,据说他至少有上千万的资产。这笔钱在当时多得可怕。此人经常回来,中午喜欢吃食堂的饭,一大碗热气腾腾的白米饭,三个香气扑鼻的肉圆子,一碗黑木耳香干回锅肉,到办公室来蹭个座位,吃得很开心。

这里有必要介绍一下这两样菜。这肉圆子是用新鲜猪肉手工剁切、猛火蒸压而成,真是香糯可口,唇齿留香,是我迄今为止吃

过的最香的肉圆子。再说这黑木耳香干回锅肉,白中有黑,黑中有白,木耳的醇味,香干的豆香,回锅肉的油水,被炖得"合成一体",每到开饭时间,香飘厂区,让人垂涎欲滴。

后来,我问他:"你现在是大老板了,酒店里的美味佳肴不吃,怎么跑到厂里来吃食堂的饭?"他说:"这里的肉圆子还有黑木耳香干回锅肉好吃,我只要一想起来就想回来吃。再说,我只是停薪留职,还是厂里的员工,现在食堂的师傅给我打菜还是那么多,实在好啊!"

我听了,目瞪口呆。

无论以前的职场给你的是喜还是悲,总有一两样东西会让你留恋。有人留恋与工友聊天,有人留恋食堂里的肉圆子。我留恋当时缓慢的工作节奏,有时闲得可以在电脑上敲出一篇散文。

想起关于谷歌公司的一则逸闻。在谷歌公司,几乎年年获得明星员工的人不是创始人谢尔盖,也不是技术工程师,而是一位名叫艾尔斯的普通员工,他不会编程,也不懂经营,只是谷歌公司食堂里的一位厨师,是谷歌公司创立初期用高薪聘请来的,为员工做可口的免费午餐。谢尔盖承诺,如果做得好可以得到公司的股份。艾尔斯竭尽所能为大家烹饪美食。后来,谷歌公司做了一项调查,请员工们列出谷歌让人留恋的原因,排在第一位的,不是高收入也不是光明的职业生涯,而是艾尔斯做的美食。

现在外界对谷歌公司的印象里,依旧有谷歌放满美食的吧台。这恐怕是许多深谙商道的人意想不到的。

美食是具有凝聚力的,它是一种美妙的"经营手段"。遗憾的是,迄今为止也没有听说有哪家单位认真对待员工的"工作餐",大都是从外面叫一些盒饭,今天加排骨,明天加鸡腿,就算很OK

（好）了。

谷歌把工作餐作为一种"文化"来经营，让它成为员工们心中最大的念想。

所以这世界上多的是平庸的公司，少的是像谷歌这样的个性公司。

你吃故我爱

◇蔡澜

看女人吃东西最有趣,有时不懂得命理,也能分析出对方的个性和家庭背景。比方说主人或长辈还没举筷,自己却抢最肥美的部分来吃,或者用筷子阻止别人夹东西,都属于自私和没有家教的一种人。进食时喷喷、嗒嗒地发出巨响,都令人讨厌,不断地打嗝而不掩嘴,也不会得到其他人的好感。餐桌上的礼仪,就算父母没有教导,也应该自修,不可放肆。

但是美女例外,她们怎么吃,发什么声,都觉可爱。小嘴细噬最漂亮了,即使是张开大口狼吞虎咽,也性感得要命。

开怀大嚼的,没有坏人,时间都花在欣赏食物上,哪有心机去害人?爱吃的人,享受食物的人,大多数个性是开朗的,他们不会给你增加什么麻烦,不管在金钱上还是感情上,的确是值得交往。

曾经有过几位被公认为大美人的,红烧元蹄一上桌,你一箸我一箸,谁去管减肥?一下子吃得干干净净,你看,那是多么痛快的一回事！

　　遇过一位什么东西都不吃，只顾喝酒的女子，旁边的人一直夹菜给她，也不拒绝，因为她不觉得有什么必要向人解释她只爱酒。最后，面前一大堆食物，她向身边的人说："请侍者包起来，让你拿回家去当夜宵吧。"这种人物，也着实可爱。

　　真正热爱食物的女人，和陪你吃东西的女人，是不同的，一眼就看得出。前者见到佳肴，双眼发光，恨不得一口吞下。后者把东西放进嘴后，又偷偷地吐出来，或者咬了一小口就摆在碟上，在你的面前装作享受，但是从举止和表情中就能看出她对食物的厌恶，这种女人最假，防之。

　　也有一边大鱼大肉，一边喊着"要死了，吃那么多怎么办"的女人。这类最难分辨她们的好坏，可能是很坦白，也可能是做作，但两者皆为性格分裂。

　　还有一种肯定是讨厌的。在宴会中经常遇到一些中年夫妇，太太什么都吃，胖得要命。而先生呢？瘦得像电线杆，他一举筷，太太即刻着急地发出警告："胆固醇已经那么高了，还敢吃？你吃死了不要紧，千万别半身不遂要我照顾！"

　　怪不得N兄常说："人一上年纪，如果要活得快乐，有两种人的话千万不可听，一是医生，一是太太。"有些先生更不幸，娶的太太，是医生。

　　在自助餐中，最容易看到女人的贪婪。一次吃自助餐，有一个肥婆，整碟食物装得满满的，来回无数次，嘴巴旁边都是油渍，还来不及去擦。这件事千真万确，绝非虚构，我的友人看到了，向她说："你真是一个食物界的欲海奇葩。"笑得我们从椅子上跌落在地。

自助餐上，也能看到女人优雅的一面，有一个拿空碟子，左一点儿右一点儿拣食物，黄的鸡蛋、绿的海藻、红的西红柿，像在作画。人和食物，都美得不得了，爱死这种女人。

吃出来的锦绣前程

◇晏建怀

宋代张齐贤出身寒微,家中贫困,却生得人高马大,会吃、能吃、怕没吃的,常常叹息平生从没吃过一顿饱饭。那时,他唯一一次吃饱肚子,是村里大户人家因还愿而设食施斋,他先吃了一顿不用掏银子的,然后见到人家屋外还悬挂着一块牛皮,便乘人不备,偷偷取下,一锅煮了,吃个精光。

肚皮瘪的人,第一要义当然是找吃的。一次,一群强盗干了一票大买卖,在某旅店聚饮庆祝,附近的居民吓得纷纷外逃,唯独张齐贤逆向而行,大摇大摆进了旅店,朝强盗们打了个拱手说:"兄弟们,我家里太穷了,从没吃过饱饭,希望同你们一起吃顿饱的。"见秀才也肯屈尊为伍,强盗们赶快请他入座。张齐贤看到那么多好吃的,也顾不上斯文,抓起猪腿就开始猛啃,拿起大杯就开始豪饮,仿佛七天七夜没开胃了,吃相比强盗还夸张。强盗们还是头一次看到一个读书人吃东西比他们还拼命,不禁面面相觑,纷纷竖起大拇指，赞叹道："真有宰相风范！"临别之时，还以黄金和丝绸相赠。

不过，赵匡胤西巡至洛阳时，当时还是布衣之身的张齐贤胆大包天，把皇帝的大队人马拦住了，说要给皇帝提建议、献计策。皇帝的道都敢拦，可见此人不简单。于是，赵匡胤让手下把他带到行宫，问有什么对策。张齐贤先不说对策，却问皇帝有什么好吃的。皇帝让人把饭菜送来让他享用。张齐贤真是饿疯了，见到送上来的大鱼大肉，就直接用那双脏兮兮的手从盘里抓着往嘴里塞，狼吞虎咽起来，连说话的工夫都没有。皇帝还在等着他献策呢，不耐烦了，就用水晶小斧轻轻敲他的头，问他到底是来找吃的还是来献策的。张齐贤指天画地，边吃边讲，吧嗒吧嗒，一下子提了富民、举贤、慎刑、籍田等十个方面的建议，让皇帝大为欣赏。

回到京城后，赵匡胤对其弟赵光义说："我西巡时，唯一的收获是识得一奇才张齐贤，我暂时没封他官职，先让他历练历练，说不定到时可以成为你的宰相啊。"从此，张齐贤获得了两代帝王的关注与培养。他从宋太宗太平兴国元年（976年）中进士，到宋真宗大中祥符五年（1012年）退休，其间任过许多要职，单宰相就当了近二十年，用他自己的话说是"四登两府九尚书"，所有的要职几乎干了个遍，真是吃出来的荣华。

有时候，人不要害怕暴露自己的弱点，藏着掖着，瞒着盖着，过于拘束与谨慎，往往容易失去到手的机会。像张齐贤这样，大大咧咧，无所顾忌，反倒显得憨直可敬，真实可靠，从而能让皇帝高看一眼，厚爱一筹，美梦成真也是情理之中的事。当然，具有真才实学是必备前提。

一个人吃饭的信仰

◇郑静

    一个人吃饭,本是个自然现象。比如武松,一个人溜达到景阳冈吃饭,大口吃肉,大碗喝酒,一轮再一轮,但一下喝了十八碗,惹来围观群众,造成群体性事件,打死珍稀动物就不应该了。更甚的是宋江,一般情况都是和兄弟一起吃饭,偶然一人去浔阳楼吃饭就出事了。他在墙上写一首反诗,被人抓个正着,连翻供的余地都没有,不得不走上不归路——一顿饭改变人生,太戏剧性了。

    一个人吃饭就是容易出事:没人聊天,没人抢肉,很容易惆怅起来。情绪一泛滥,难免就成了社会问题。大过年的一人吃饭,那是没买到火车票,回不了家;情人节一人吃饭,那是剩女求安慰的节奏。一个人的饭全程充满泪点,所以大多数人不得不选择速战速决。

    但这一切已是历史。在今天,一个人吃饭已经升华到一种生活方式,你既可以简单直接地解决温饱问题,也可以对自己有更严格

的要求。几年前,日剧《孤独美食家》被小清新们引进国内:一位叫五郎的大叔在屏幕里吃饭、念叨,从头到尾都是一个人,三年如一日。就是他,告诉年轻人:在纷乱的世界里,哪怕一个人也得好好享受美食。任何原因都不能干扰吃,它是一种哲学和信仰。

因为这信仰,爱吃的人看得饥肠辘辘、热泪盈眶,从味蕾到内心都得到升华。一个人吃饭,再也不是件凄凉的事情,它是隆重的、唯美的、纯洁的。在这位大叔村上龙的带动下,日韩中三国文艺人士纷纷加入"一人吃饭"的大军。

在本埠的一人吃饭推手大军中,@一人食获得了最多点赞。和村上大叔不同的是,它让大家回家吃,每月一集的视频里有最简单的皮蛋豆腐、凉面、煲仔饭和关东煮,却让一个人的饭吃出了腔调。一人食的风潮瞬间暴涨,小清新人人动手制作,拍照,晒。饭,可以一人吃,点赞,得众人来。

一个人吃饭,尽可按照自己的口味来。不用顾及吃了葱姜蒜遭人鄙夷,无人依偎,不怕煞风景。龙虾也好,猪下水也好,再也不用装,大蒜就咖啡都可以有。"自由"是孤独的高尚代名词。贾宝玉和他娘吃饭,会假装爱吃素,一个人在怡红院吃小灶,就时不时要来点儿好的。

一个人吃,还可以全心全意。国外的食评家大都是一人前往餐厅,电影《料理鼠王》里,尖酸刻薄的食评家柯博先生就这样。这个长得很不好看的大叔,面对一盘普罗旺斯焖菜,眼泪夺眶而出,妈妈的慈祥模样映入眼帘。想象一下,如果两人同行,对面还是位美人,大叔会想起妈妈才怪呢。

最重要的是,一个人吃,可以"领悟人生的真谛"。李白一个人深夜吃饭喝酒,"举杯邀明月,对影成三人"。不需要米其林大厨的秘籍——光调料都备不齐，就那种电磁炉能烧出的饭菜最贴心。

托盘也是一人食里的重要道具，不管餐厅里的套餐，还是日本杂志里的食物摄影，饭菜要搭配好装在木托盘里，才能方便一个人端起自己的幸福。

如果武松愿意把一人吃饭当作一种生活方式来对待——且看那景阳冈风景秀丽，山脚下一家食铺兀自悠然，颇有些古风。武松点了酒菜，肉要切薄片码得整整齐齐，看得出雪花牛的纹理；酒要装在玉壶春里，配一个三钱的杯子，材质可以是高仿的龙泉青瓷，也可以是日本切子，旁边簇拥着冰块；饭后一片潘苹果，一片褚橙，再来一杯胶囊咖啡，不加奶不加糖，然后一个人静静地看风景发微信："这里风景独好。"

吃饭这事，显人品

◇老猫

《舌尖上的中国2》正热播，讲各种美食以及美食后面的辛苦。中国人吃饭最讲究，但只是注意精烹细煮，仍是外在，从吃饭煮饭看人品，才绝对是核心——这点不能不提。觥筹交错之间，就瞧出一个人可不可信，亲不亲近。

从吃喝上看人品，更多的还是看细节，看人在吃喝各个环节上的表现。《南村辍耕录》里就讲：南宋有位官员，想在杭州找个小妾，找来找去没可心的。后来有人带来一位叫奚奴的姑娘，人漂亮，问会干什么，回答是会温酒。周围的人都笑，这位官员倒是没笑，就请她温酒试试，头一次，酒太烫；第二次又有点儿凉，第三次合适了，喝了。从此以后，温酒从来都没失手过。这位官员终身都带着奚奴，处处适意，死后把家产也给了她。为什么呢？因为"一事精致，便能动人，亦其专心致志而然"。

吃饭的时候，最容易表现出的差人品，就是吝啬了。有些人还吝啬得过分。元朝有这么一哥们儿,叫木八刺,西域人,身材极其魁梧。就这么一壮汉,却是个小气鬼。他和老婆在家吃肉,老婆刚用小金叉子叉起块肉来,还没入嘴呢,有人敲门,来客人了。于是放下肉,夫妻一个去开门,一个去沏茶。等客人走了,回来一瞧,嘿,连肉带金叉子都不见了。屋里没别人了,就一丫鬟在忙。于是,木八剌认定是这姑娘偷肉连带偷餐具,来了个严刑拷打。木八剌多大个儿啊,估计下手也特重,小丫鬟不禁打,竟然被打死了。

万恶的元朝,死个丫鬟不当事,一命抵一叉子,木八剌平衡了,事情也算过去了。没想到一年多以后,他家大扫除,在屋子顶上清理瓦片,"吧嗒"一声,掉地上一东西。什么啊,金叉子,上面还叉了块干枯的肉骨头。这肯定是猫叼着肉上了房,吃完后连叉子带骨头都不要了。

可怜,白冤屈了小丫鬟一条性命。

吃饭的时候摆谱,也是一毛病。《茶香室丛钞》里,就转述过徐祯卿讲的一段子。有年徐州太守去拜访陈抟老祖,正聊着天儿呢,来了一道人,蓝袍葛巾邋里邋遢的,大大咧咧往榻上一坐。太守瞧见就不乐意了,我这儿寻仙问道多高大上啊,你一叫花子起什么哄。陈抟老祖倒是不介意,只是问道士:"你袖子里,那是啥玩意儿?"道士摸出三颗大枣,白色的给了陈抟,红色的自己吃了,青色的送给太守。太守更气了,凭啥你吃红的我吃青的啊?不吃,一转手,把枣给了身边的随从:"你吃了吧。"

枣吃完了,道士告辞。太守问陈抟老祖:"这是谁啊?"

"哦,他叫吕洞宾。"

太守脸都青了,想再把枣要回来,那小随从早给咽下去了。这随从叫什么啊?当时名字叫张邈邈,书上写得文点儿,写成张刺达。因为吃了枣,也沾了仙气儿,后来改名叫张三丰,成了大师。

这只是个传说,不过真的讽刺那些在饭局上见人下菜碟儿的主。耽误多大事啊,连成仙的机会都错过了。

自己发达的时候不知收敛,敛财挥霍无度,倒了也会被倒追,让人品倒逼得吃不上饭。《挥尘后录》里就讲过,曾经权倾一时的蔡京,在北宋末年倒台了。几个小妾被金兵索去不说,自己也被流放。路过潭州的时候,到了饭点儿,想去饭店买点儿吃的。可老板们一听说是蔡京,嘿,这人人品太差啊,居然众口一词谁都不卖,蔡京可怜,为这事写下一首词:

"八十衰年初谢,三千里外无家。孤行骨肉各天涯,遥望神京泣下。金殿五曾拜相,玉堂十度宣麻。追思往昔谩繁华,到此番,成梦话。"

有人说,蔡京这首词都赶上陈后主了,历史真是惊人地相似啊!可不是吗,历史总会愚蠢地、眼睁睁地重演,但有些当局者,他就是看不出来。就算看出来了,也顾不上,眼里还是大吃大喝使劲造,满足欲望要紧。

卖茴香卷的人生赢家

◇尤今

格拉纳达是位于尼加拉瓜西部的城市,着实美得不像话。

古色古香的西班牙式建筑,疏疏落落地散布在纤尘不染的街道上,不计其数的湖泊,像上天撒落的蓝色珍珠,星罗棋布。

那天下午,轻柔的风儿像仙女的绸带,拂来拂去,软软地吹着人的脸,我和日胜缓缓行经一家小店。靠近大门处的玻璃柜里,展示着我最喜欢的茴香卷,还有其他各式蛋糕。

信步走进店里,小店布置得十分雅致,桌子铺上绣着向日葵的白色桌布,配以木质椅子;一边的小方桌上还放置了一台电脑、一堆旅行杂志、两张舒适的懒椅。

一名金发碧眼的中年人,露着温煦的笑脸,语调轻快地说道:"欢迎,欢迎!"

我们坐下,我点了一个茴香卷,日胜要了一块奶酪蛋糕,外加两杯咖啡。

中年人转到厨房去，不一会儿，我便听到了磨咖啡豆的声音；袭人的香味，像霏霏细雨，纷纷扬扬地落满一地。

慢慢地啜饮着咖啡时，我举目浏览。墙边的一块黑板，密密麻麻，全是手写的英文，上面清清楚楚地写着：完美的生活哲学——

一、自行支配自己的生活，对自己喜欢的事，常做、长做；对自己讨厌而不得不做的事，尝试改变心态。

二、简单就是美，无欲无求便是人生至高的境界。

三、常常旅行，发掘真实的自我。对于所有的新事物，敞开心胸来接受。积极认识新朋友，寻找新的点子，再与他人分享你生活的激情。每一次在十字路口的迷失，都是你人生新的起点。

四、抱着感恩之心来看待世间万事万物，对于食物，每一口都应该细细咀嚼，让它在味蕾上翻云覆雨，带来至高的享受，并充分感念这是天赐的恩情。

坦白说吧，这些话，并不能算是什么醍醐灌顶的睿智语言；可是，把它们放在一起，又恰恰成就了一个完善圆满的人生，一个随心所欲、了无遗憾的人生。

细读再三，十分喜欢。

这位名字唤作维特的中年人来自加拿大，他坦白地说："过去，我在渥太华经营餐馆，日忙夜忙，赚得盆满钵溢，可是，我却为此而典当了亲情。婚姻破裂后，我除了钱之外，一无所有；我觉得，我的人生，根本就是一个可耻的失败。"

于是，他结束了在渥太华的一切，外出旅行一年。来到了格拉纳达这座宁静美丽的城市，那颗疲惫的心、那颗千疮百孔的心，突然找到了一个安恬舒适的停泊处。

他就这样留了下来。

每天，用足心思去烘制高质量的糕点，他说："我要寻找的，是那些能够用心品出精致滋味的人。"每块小蛋糕，售价50至100科多巴（折合新币两元半至五元），和当地其他店铺的糕点相比，足足贵了五六倍。

一分钱，一分货。那茴香卷，真是美味绝顶啊，千回百转的茴香，神出鬼没地镶嵌在圆润光滑的面卷里，吃着时，整个人好似被轻柔的云雾层层叠叠地簇拥着。

一吃完，我立马便说："再来一个。"

"啊，你今天来得真巧，"他一边把茴香卷递给我，一边微笑地说道，"明天，我便会暂时关闭店面，到巴拿马旅行一个月……"

这时，有位妇人走了进来，用西班牙话和他熟络地打着招呼。她要买十个茴香卷、十个胡萝卜蛋糕。他一点儿也不敷衍，手势轻柔地用油纸去包，看他那小心翼翼的样子，好似他所包裹着的，是一个个传家宝……

忽必烈也是个美食家

◇小馋

孛儿只斤·忽必烈,蒙古族,元朝的创建者,他一生征战,一统天下,建立了幅员辽阔的统一多民族国家——元朝。而鲜为人知的是,这位中华历史上能征善战的少数民族君主,还是一位美食家。而且,他在美食上的造诣,还颇有点儿"冰火两重天"的意思呢!

说起蒙古族,大家的印象必定是蒙古包,悠远的长调,碧青草原上剽悍的驯马人。蒙古族的美食,多以奶食和肉食为主。作为蒙古人的首领,忽必烈也非常爱喝牛奶。忽必烈率部灭掉南宋称帝之后,以大都(今北京)为都城,当时的大都风貌同草原上大相异趣,夏季天气酷热,生鲜食物保存十分不易。这对喜爱喝奶的忽必烈和蒙古贵族来说实在是件恼人的事:新鲜的牛羊奶,放几个时辰就变质了。为了解决这个问题,忽必烈灵机一动,想到在牛奶中加入冰块，以延长牛奶的保存时间。

这个无心之举却让忽必烈有了意外发现：牛奶和冰块融合之后的"奶冰"味道比鲜牛奶更鲜美，后来忽必烈在"奶冰"中又加入了蜜饯、水果等作料，使"奶冰"的颜色更鲜艳，口味更好。此后意大利旅行家马可·波罗到中国旅行，受到忽必烈的接见与赏赐，忽必烈兴高采烈地把只有贵族才能享用的"奶冰"赐给马可·波罗，马可·波罗便将它的制作工艺带回欧洲，经过改良，形成如今受人喜爱的冰淇淋。

说完了"冰"，再来说说"火"。大家都知道，蒙古草原盛产牛羊，马背上长大的忽必烈，自然也是以牛羊肉为主食。传说南宋末年，忽必烈率军南下远征，经过几天的激战，三军将士都人困马乏，思乡情切。这时候，忽必烈突然想起了故乡一望无际的草原和肥壮的牛羊，想起在家乡同战士们一起烤羊肉的情形。为了提振士气，他命人从附近村落找来几只肥羊，并吩咐厨师马上烧火烤肉。

谁知，正当厨师准备烤羊的时候，探子飞马来报，敌人正在逼近。听说要烤羊，士兵们的馋虫都被勾了出来，哪有心情打仗呢。看到这种情况，忽必烈暴躁极了，在帐内大呼小叫，让厨子马上上羊肉。厨师们听说之后，个个都吓出一身冷汗。忽必烈性格焦躁，谁如果得罪了他，一分钟人头落地。况且现在战事危急，如果因为一顿肉贻误了战机，几个厨子都会性命不保。可是，吃过烤肉的人都知道，古法烤肉动辄几个时辰，片刻之间，怎么能上桌呢？在这个时候，一个年轻厨师急中生智，把羊肉切成薄片放进锅里，等肉色稍一变白，就立刻捞到碗里，撒上细盐，送给忽必烈。

忽必烈狼吞虎咽地吃了几碗，连连说好，翻身上马杀退了敌人，获得一场大胜。在庆功宴上，忽必烈又想起了当时的羊肉，让

厨师再如法炮制来分给将士们。众将领也对此赞不绝口。厨师趁机请忽必烈为此菜赐名，忽必烈想了想，说："干脆就叫涮羊肉吧。"一道风靡祖国大江南北的名菜由此得名。

冰淇淋和涮羊肉，一冷一热，都与忽必烈有关。

美食与美文

◇陈鲁民

作家大都是美食家,善于享受生活。没有条件时,像曹雪芹的"举家食粥酒常赊",也能对付;若条件许可,那一定不会在嘴上亏待自己。袁枚、李渔、林语堂、梁实秋等,都有专门写美食的著作。美食方能换来美文,倒也是顺理成章的事情。

苏东坡的美文传遍天下,他喜欢美食也是尽人皆知。他是一位罕见的文学巨匠,也是一位热爱生活的美食家。他发明了东坡肉,还专门写了《猪肉颂》:"净洗铛,少著水,柴头罨烟焰不起。待他自熟莫催他,火候足时他自美。"他喜欢吃河豚,并留下名句:"竹外桃花三两枝,春江水暖鸭先知。蒌蒿满地芦芽短,正是河豚欲上时。"检点其诗文,其中有很多都与美食有关,如《菜羹赋》《食猪肉诗》《豆粥》《鲸鱼行》《酒颂》以及著名的《老饕赋》,东坡以"老饕"自嘲,并戏谑地宣称:"盖聚物之夭美,

以养吾之老饕。"意思是说,全天下的美味呀,你们的存在都是为了供养我老馋鬼的哦!记在他名下的还有东坡饼、东坡鱼、东坡拼盘、东坡肘子……

大家常引用鲁迅的一句名言"第一个吃螃蟹的人是勇士"。鲁迅自己就特别喜欢吃螃蟹。他爱在家里自己烹制,通常有两种简单的做法:大闸蟹是隔水蒸熟,用姜末加醋加糖食用。较小的蟹和上面做成油酱蟹,当下饭的小菜。鲁迅的杂文里曾多次提到吃螃蟹,不乏妙语佳句,奇思异想。

巴金是四川人,在他漫长的101年人生旅途中,始终乡音不改,喜听川剧,吃川菜,尤喜"夫妻肺片"。老家有人来看巴金,一定会给他带成都的夫妻肺片。一次,他的侄子李致临时决定去上海。行前,他匆匆找来女婿,让他快点儿买些夫妻肺片好带给巴金。当时,天色已晚,店家大都打烊了。李致的女婿十分焦急,对一家正要关门的"肺片店"老板说:"我急着买到夫妻肺片,是带给巴金的!"店家一听巴金的大名,二话不说,将这位迟到的顾客迎进店里。随后,风风火火地加工起来。

在外国留学、任职多年的胡适,虽大力提倡全盘西化,但他的肠胃却没有被西餐征服,平生最喜欢吃的还是家乡菜"徽州锅"。最底一层是蔬菜,主要有冬笋、萝卜、冬瓜、干豆角;稍上一层是猪肉,半肥半瘦,每块约一两重;再上一层为油豆腐果,装有馅子;第四层为蛋饺子;第五层为红烧鸡块;第六层为油煎豆腐;第七层为碧绿菠菜。要三四小时,才烧出味道来。香气逼人,美不可言。

老舍是满族人,小时候家里穷,难沾荤腥,改善生活就是吃"芥末墩儿"。后来他有钱了,可最喜欢的还是这一口。与胡青结婚的时候,他没别的要求,就希望夫人会做"芥末墩儿"。这可难不倒胡青,因为她也是吃"芥末墩儿"长大的。这道菜,其实也很简单,将洗好的白菜墩儿码在盆里,撒上芥末、糖,并加上米醋;再码第二层,再撒一次芥末、糖,加米醋,一直到摆满一盆为止,盆外包上毯子或者小棉帘,让芥末"发一发",搁上三天,便可以取而食之了。芥末墩儿的诱人之处就是一个"冲味儿",它是老北京年夜饭里必须有的,满族人尤其喜欢吃这道菜,老舍一辈子也没吃够,多次在文章中提及,赞不绝口。

汪曾祺、林斤澜、陆文夫、张中行等作家,也都是美食专家,也是美文大家,读其美文,如品佳茗,如食珍馐,每每"垂涎欲滴",欲罢不能。

一位美食家的野味烹饪冒险之旅

◇［美］海明威 译/佚名

昨晚我们烧了鹿肉来吃。

煎锅里鹿肉发出的声音使我回想起了一次美食之旅——野味烹饪冒险之旅。

为了避免这篇文章彻彻底底成为一篇自供状，作者我决定匿名写下它。不过我说的都是真的，每一个字都是千真万确的。

我曾经吃过中国菜里的海参、马斯、豪猪、海狸尾巴、燕窝、章鱼和马肉。

我还吃过蜗牛、鳗鱼、麻雀、鱼子酱和意面……各种奇形怪状的东西我都吃过。

另外我还不止一次地吃过中国的河虾、竹笋、松花蛋，还有麻花。

最后，我必须忏悔的是，我还吃过骡肉、熊肉、驼鹿肉、青蛙腿，还有托斯卡纳什锦炸物。

第一次吃海参是在堪萨斯城。我那时在《堪萨斯城市星报》做了一冬天的警方记者，雷打不动地过着吃遍中国餐馆里每个菜式的享乐主义生活。不是那些加拿大化了的鱼目混珠的中餐馆，而是使着筷子吃炒面、有着柚木桌子和玩接龙游戏的后厨的正宗中餐馆。

直到那时我才明白，炒面如果做得好的话，就会给你带来如同德普西给维拉做的西餐那样美妙的感受。

我发现，炒面并不是唯一的中国菜。但毫无疑问，那晦涩难解的菜单，迫使我把炒面当成这世上唯一的中国菜。

因此，我决定完全照着菜单吃。七页纸的大菜单，花了我整个冬天的时间才吃完。不过，我也因此得到了几次美妙的发现。

没人告诉过我班廷博士发现胰岛素时是怎样的心情。但是，我了解了发现美食所带来的激动人心的感觉。

不过，这种做法确有其弊病。首先就是我在头几个星期里没能找到一个陪我吃饭的人。

然后就要到海参了，我遇上了整整半张菜单的海参，所有你所知晓的种类，它们几乎使我停止了我的美食进程。直到现在，只要听到"海参"这个字眼，或者是它的中文名称，都会使我不寒而栗。

紧跟其后的就是"皮蛋"——百岁蛋。深绿的颜色，如果你想要从我这篇文章中得到什么指点或仅仅是茶余饭后的消遣，我都会直截了当地告诉你：别吃皮蛋了，不划算。

首先，它们不便宜；其次，真的一点儿也不好吃。

我整个冬天都欠着一群警长、拳击家和摔跤手的债，为了继续我的饕餮计划可谓下了血本。到后来，中餐馆的老板被我感动了，亲自下厨尽全力为我奉上大餐。不过他从没给我赊过账，大约是害

怕我哪天会死于饕餮盛宴当中。

那之后的很多年里，我都能在圣诞节收到那位餐馆老板寄来的贺卡。

第一次吃蜗牛还是在法国第戎。不知怎么的，自从那天早上我看到一个小贩推着带轮子的小车穿过狭窄的蒙德纳大街的日涅维路段，一路吼着"蜗牛"，一路紧张兮兮地把从水槽里出逃的蜗牛拈回去之后，我就再也没有强烈的想要吃蜗牛的欲望了。

是手推车里密密麻麻的那一堆东西，一只只壳里的蜗牛以及每只蜗牛身上的那两个触角，就是它们使我的食欲完全得不到开启。

可在第戎，如果你不吃蜗牛你就算不上正常人，无奈之下，我吃了它们。我不知道自己现在算不算得上是个正常人，不过我算是知道蜗牛的滋味了。

跟那玩意儿最接近的就数自行车内胎了，而能与内胎争高下的也就是活青蛙了——都是黏滑的，并且有着相似的口感。这两年卖蜗牛的已经不多，前些年它可是供不应求的热销货。百分之七十勃艮第出品的蜗牛实际都是由牛肉制成的——被切成了蜗牛状，烹制并装入蜗牛壳。蜗牛壳还真是从没有供不应求过。

青蛙腿算不得什么异国美食，大多数人都吃过。它们尝起来像鸡胸肉，只是比鸡胸肉更嫩滑、更美味。

有两种肉吃起来像是上等的乳猪——其中一种是负鼠，也叫"装死鼠"。它们以大衣领子和柿子为食，并深为塔夫特总统所喜爱。

另一种就是我们常说的豪猪，或者叫箭猪。

小豪猪们几乎什么都吃——从独木小舟到成桶的咸肉，随便什么东西它们都能成桶地吃下。不过它们的肉几乎与负鼠肉一样嫩滑鲜美。它们看上去皮糙肉厚难以驯服，可等它们被两爪朝前钉到树上去之后就好办多了。

我曾在野餐中吃过几次相当美味的豪猪肉。

在地中海的每一个海港，章鱼都是菜单上一道重要的例菜。触须被切成了易于食用的长度，裹上面包屑在黄油里炸过。不过不同地方的味道差别很大，有时候非常好吃，可有时候非常硬，味同嚼蜡。

我头回吃还是在日内瓦的水前餐厅，我完全没有意识到那就是章鱼，因它实在是"面目全非"了。大概吃到一半的时候，我才从真空小杯子里的美食上窥出一点儿端倪。这真是吓到我了，不过对美食的不断探索使我逐渐适应了这种"惊喜"。

拿马肉来举例吧。我在不知情的情况下吃了好几个星期的马肉——它们可不难吃，除了骑兵和马赛上用的马，它吃起来像牛肉，只是更紧实一些。

我在巴黎住处的对街有一名"屠马夫"，他的门房上面挂着一个大大的、金色的马头，以及一个写着"业主白天晚上随时待命，帮助这些马、骡子、驴升天"的招牌。除了门口挂的马头，它看上去与其他的肉店并无二致，所有用于出售的肉都被挂起来供人检视。这家店在附近家庭主妇那里有口皆碑，每天的肉都能在当天卖完。

这么多年的美食冒险之旅中，只有几样是我不喜欢的。一是欧洲防风草，另一个是甜甜圈，再一个是约克郡布丁，还有一个就是煮土豆。

有些菜，例如甜马铃薯，由于个人口味原因，我不吃。可还有些东西，例如意大利面，不能再吃是由于我的手没过去那么灵活

了。

　　不过，我发现了食物之中蕴藏的一种浪漫，一种在其他地方已无迹可寻的浪漫。倘若我的胃口一直在，那么我定会执着地追寻它。

第四章
有风吹过厨房

声色犬马蛋炒饭

◇伍后正

有些地方,蛋炒饭叫木须饭;唐鲁孙说自家雇厨子,先拿鸡汤试厨子的文火,再拿青椒炒肉丝试厨子的武火,最后一碗蛋炒饭试人家是不是大手笔厨师。他还说,饭要弄散了炒,鸡蛋要另外炒好,不能"金包银"。因为饭粒裹了鸡蛋,脾胃弱的人吃了不好消化。

美食家逯耀东却另有一说。按他说,蛋炒饭起自杨素老师。杨老师写一手魏武风格的诗,大行且顾细谨。他发明了一种"金包银"式的炒饭,就是鸡蛋包饭的炒法。隋炀帝下扬州,不仅把自己的头颅留在了那里,也把扬州风格的蛋炒饭留在了那儿,叫"碎金饭"。于是,两种风格的蛋炒饭就留给了后人。是蛋和饭"粉身碎骨"炒成一气,还是你中有我、我中有你的水乳交融?提过锅铲的人都明白:前者是挥毫泼墨、乒乒乓乓的大写意炒法,后者是工笔细描、溜边沉底的小尺幅手笔,各有千秋。

再萧索的大排档，或见了城管就转移阵地的夜间摊，总有一碗蛋炒饭可以做。诸如扬州炒饭、海鲜炒饭等，其实都还是蛋炒饭。就像《红楼梦》里的茄鲞，不管多少只鸡，骨子里还是茄子。

有一段时间，寻思为什么不是菜炒饭、肉炒饭，或是直截了当的油炒饭？大致的结论是：油炒饭太腻，而且虚假繁荣；菜炒饭太清贫，因为众所周知，菜饭并不很好吃，但若加了咸肉，就化腐朽为神奇，瞬间从清贫和尚变成红男绿女。而蛋炒饭恰好是一个中正醇和的东西，既不荤得难以寻觅，又不素净到让肠子清苦；而且，鸡蛋这东西的可塑性比蔬菜和肉都要妙得多。鸡蛋不用切、不用洗，搅拌后，想怎么炒就怎么炒，加油就香，加盐就咸，加点儿葱花煸炒，味道就出来了。

姑且不论唐鲁孙的蛋、饭分开一说是否合理，但他说要把蛋炒饭炒到乒乓作响，葱花爆焦，饭粒爽松不腻，确实是这么回事。一碗蛋炒饭较之一碗饭的可爱之处在于：饭是主食，是端庄中正的正宫娘娘，蛋炒饭就花团锦簇多了，像昨忆巫山梦里魂的才人。谁不知道才人和娘娘骨子里都是一回事？妙就妙在外面那油香和口感。好的蛋炒饭与黄蓉给洪七公做的面条一样，吃的就是一个混合的口感……

所以，蛋炒饭是这么回事：不怕油腻厚味，最怕人情冷漠。蛋少油稀的一碗，就像冷了的红烧肉，让人提不起精神；蛋多油重，看上去虽然吓得住手握减肥食谱的人，却是市井里的真味。那是你在饿了的黄昏，在街角的小馆里，喝着酸辣汤，大口用筷子扒拉着的喷香满口、满嘴抹油的东西：最真实的蛋炒饭。

牛排，牛排

◇［日］村上春树　译/林少华

有时馋牛排馋得不得了。

我本来不太喜欢肉，平素大体只吃鱼和蔬菜，但每两个月总有一次脑海里忽地冒出牛排这个图像，死活挥之不去，我猜想大概牛排这东西已作为"肉之符号"或某种纯粹概念输入了我的大脑，而当体内肉类营养成分不足之时便自动发出信号："缺肉咧！咕、咕……"于是那符号或概念就如白鲸一样浮出了海面。

这么着，身体便时不时发痒似的想吃牛排。

我喜欢的是极其单纯的牛排。把正是时候的上等牛肉三两下麻利地煎好，调味稍稍用一点儿盐末和胡椒——此外别无他求，便是这么单纯得不能再单纯的牛排。

遗憾的是，能美美地吃上这么单纯的牛排的地方整个东京城也找不到。

我生在神户，众所周知，神户这座城市有不少牛排馆，因此小时候要在外面吃饭的时候大多是去吃牛排,总有一种类似"就在附近"的随意感,而且牛排味道同样有"就在附近"的随意性,但我至今仍隐约记得那种味道,认为牛排必须是那样的才对,至于门面堂而皇之、宣传煞有介事、格调超凡脱俗的东西,至少用在牛排上面,我是不以为然的。

牛排这东西乃不媚不伪的"有男子汉气"的菜肴。我在希腊住了半年,那期间常吃牛排,因为牛肉便宜得令人难以置信。头等里脊肉一公斤才一千日元,绝对便宜。在厚平底锅里放油炒希腊葱,希腊葱这东西甚是了得,同牛排十分相配。作为原则,我认为牛排这东西较之自己家里做还是在餐馆吃合适,唯独希腊风味的牛排至今让人想念得不行。

此外记得的,是在美国佐治亚州亚特兰大吃的牛排,这个也很便宜。傍晚逛街时忽然想喝啤酒,走进眼前一家不大的酒吧,顺便点了饭菜。看菜谱,有"surf and turf",直译就是"波浪与草坪"。虽然半懂不懂,但心血来潮地点了一份。原来是一只极大的黄油煎海虾和厚达五厘米的牛排,加足够量的炒饭,还带一大盘沙拉——难怪叫"波浪与草坪"。不过量也大得实在离谱,遗憾的是不能给你看上一眼,反正正常人无论如何也吃不完。记得大概是一千五百日元,关键是味道也算是我所喜欢的单纯的那种,肉也嫩嫩的,恰到好处。这么够质够量的牛排能在这普普通通的街头普普通通的酒吧中出现,不由令人大为惊喜,应该称为美国的实力才是。人们都说美国牛排光是块大而味道不好,其实我在南部吃的大多味道鲜美。作为配菜的炸薯片一咬"咔咔"脆响,多汁的牛肉用叉子一扎,肉汁都渗到两边的炒饭里面了。

这么写起来,渐渐想吃牛排了,难办啊难办。

美国小说中常有吃牛排的场面出现,我读过的小说里感觉最好吃的是哈德里·切斯《布朗迪希小姐的兰花》开头部分。小说本身也很有趣,但从另外的角度读这开头部分,每次都让人条件反射似的想大吃一顿牛排,记忆中小说的开头是一名男子走进一家位于尘土飞扬的乡村路边的不怎么起眼的小餐馆。男子饿得发慌,让女服务生拿牛排上来,还细细叮嘱了一番煎烤的火候和配什么圆葱。厨师用铁板煎烤牛排,炒圆葱,炒圆葱的强烈气味势不可当地刺激起男子的食欲,他一边吞口水一边静等牛排端来,外面路上卡车一溜烟驶过,干热干热的太阳火辣辣地烤着大地。切斯简洁而粗犷的语言和男子的食欲以及"吱吱"煎烤牛排的香味巧妙地融合在一起,让人不知不觉被拖入了小说的世界。若换了炸肉饼,就没这个效果了。

反正今天得去吃牛排,一定。

美哉吃蟹

◇张佳玮

每逢入秋，中国人就急吼吼地通缉蟹将军们。江南人吃不到蟹时，有道菜叫作蟹粉蛋，也有叫假螃蟹的。大致是蛋清蛋黄分开打匀，以姜醋调味炒之，蛋清如蟹肉，蛋黄如蟹黄，粥饭皆宜——其实也就解个馋罢了。

但说到底，也只能是当作备胎，聊解莼鲈之思。因为吃细一点儿的都知道：蟹肉除了细嫩，还有丝丝缕缕的秀挺好处，是为鸡蛋所无。日本人烤大海蟹，专吃丝缕长条的蟹肉，非蛋白可比；蟹黄美味，堪比鱼子，又远非鸡蛋可比。蟹最美味的，是蟹本身的鲜味。姜醋再怎么以假乱真，终究不能鱼目混珠。

李渔先生对饮食也有研究。他老人家说天下鲜者就两个，一是螃蟹，一是笋。酸甜苦辣都能用调味法子勾兑，唯独这鲜味，就像天生才情，不能以人工法子得之，所以格外珍贵。张岱说食物不加盐醋而五味全者，就是河蟹了，意思相去不远。等秋天蟹肥，蒸完

了，一剥开壳，好家伙，满壳膏腻香肥，任哪个厨子都调制不出。

　　蟹味极香，肉自带鲜甜之味；加姜醋自然极美，不加姜醋其实大可吃得，吸罢一条蟹腿，吸得出好一口蟹汁。蟹壳里膏腴满腹，蟹黄是珍宝自不待提，咬一口牙都酥倒，看那红珠般的模样就让人心痒。但蟹壳里汁液碎末同样动人。广东有种吃法，是以蟹壳焖蛋炒饭，饭既松软，汁亦入味，香味全出，食之真令人感动落泪。

　　吃蟹最热闹的，莫过于江南。别处自然也吃，但不像无锡、上海、杭州这样，全民都有吃蟹的手法。任何一个江南老阿姨，给她一只整蟹，她自有办法把这蟹盘剥得一干二净，真让人诧异她怎么有这么好的牙口。上海人贪吃这一口蟹，甚至可以接受每年蟹季到来时，比寻常小笼包贵上一倍的蟹粉小笼包。蟹季到来，苏州、杭州都会有蟹粉虾仁这类神异的菜。本来虾肉滑润清甜，蟹粉浓香酥融，未必相配，但这就像黄金白玉，鲜花着锦，奢侈至极，让人无从抵抗这感觉。

　　广东人吃蟹，不如江南人精细并存其本味，但花样繁多。比如香炒蟹这等做法，江南人就不擅长。蟹壳炒香脆后直接吃的诱惑还是很动人。日本不太产河蟹，也不像中国江南人般懂得蒸煮蟹剥蟹粉，所以对炒蟹或烤蟹类做法推崇备至。

　　实际上论吃得细，中国人肯定是世界翘楚。河蟹在中国可以被剥壳细吃，欧洲人没这么细腻的爱好。20世纪80年代，勃兰登堡有湖产河蟹，德国人还嫌河蟹和鱼抢东西吃，打算灭绝河蟹——后来不知道怎么吃，只好拿来肥田，还嫌腥气重。如今欧洲人也能跟美国人似的，烤烤蟹吃了。问题是欧美人从来只吃蟹腿，也只重蟹腿；中国人爱若性命的蟹粉和蟹黄，欧洲人不怎么吃。真是甲之蜜糖，乙之砒霜。所以在欧洲，很容易遇见慷慨老板，看你买了八条蟹腿，把一个连壳蟹白送给你。运气好的，一回家能啃一整壳的蟹黄。

蟹最美妙的，还是其多样。在中国人的食谱里，猪肉厚润，但苏轼也说"富者不肯吃"；羊肉清鲜，但有膻味；其他牛肉鱼肉、兔肉鸡肉，都多少有些或粗肉或秀雅。蟹就没有这些问题：本身鲜浓，可蒸可煮，可以做主菜，可以配各类东西。要油腻也油腻，要清爽也清爽。张岱年轻时跟人吃蟹，配飞腊鸭、牛乳酪、醉蚶、鸭汁煮白菜，再加上谢橘、风栗、风菱当果子等——这还不算饭茶和酒。看起来乱七八糟，但都配得上。如果主菜是熊掌或蹄膀，这么配菜就显得不伦不类啦。

最妙的是，螃蟹这东西，看着宏伟，可是体量不大。没听说过谁吃螃蟹吃出一身肥膘的——真能吃蟹吃胖了，这家人不定多能挥霍呢。林黛玉这种多愁多病的身子，在《红楼梦》里也能吃螃蟹，只是要喝口合欢花浸的烧酒，末了还能和贾宝玉、薛宝钗一起写螃蟹诗：你看，吃螃蟹既可以开怀大嚼，品其美味，又不伤斯文——反正大家都会吃得满桌壳爪，林黛玉都不例外嘛。

傍林鲜

◇周华诚

大雪冬日,有一道菜是极好的:冬笋煨咸肉。

然而必须在大山深处吃,才算好。开门见漫山遍野白雪皑皑,万物凝止,万籁俱寂。茅庐之内,是红泥小火炉,煮着一钵冬笋咸肉,炭火"劈剥",喝一碗山家自酿的米酒,其逍乎遥哉!纷繁尘事,郁结不快,连同那雾霾一起,都是遥远的,都在另一个世界了。此时,倘若还有爱人在侧,则庶几可以美到哭了。

此时冬笋,是黄泥下未冒尖的冬笋,挖来新煮,肥嫩而鲜。咸肉也要好,必须是土猪肉,抹了盐,在滴水成冰的屋檐下沐了整月的山风。这样的冬笋与土猪肉,是钟表界的瑞士机械表,是包包界的路易·威登,是衣服界的香奈儿,而且比这些奢侈品还要奢侈,它是有钱也买不到的。就仿佛,买得到大山却买不到大雪覆山,买得到美人却买不到爱人在侧。

就让它是个梦吧,何况现在也流行说梦。

冬笋，春笋，都只有在当季吃。过季了，也就不叫冬笋、春笋了。春笋切了极薄的片，用雪菜和腊肉炒了，很是鲜美。《山家清供》这本书里，写到一样时鲜菜："傍林鲜"。趁竹林里的笋长得最盛的时候，就在林子边上挖一个土灶，把刚挖的笋用炉子煮。水是山泉水；燃料，不是户外用品店里卖的罐装瓦斯，而是竹林落叶，纯天然的。这样煮笋吃午饭，叫"傍林鲜"。

想来，这"傍林鲜"和钓鱼人的思路是一致的，刚挖的笋，刚采的蕨，刚钓的鱼，都还带着露水，魂灵都还在的；立刻煮起来，味道当然最为鲜美。去鱼馆吃鱼，讲究一点儿，都是当面现杀的。你眼瞅着，刚还在水里畅游的鱼，"啪嗒"一摔，立即去鳞剖腹下锅。杀猪肉也是如此。吃过杀猪肉吗？山里人杀猪，这边整头猪还在案板上料理，主人家就割了热乎乎的肉去下锅爆炒了，取的也就是一个生猛海鲜的意思。

钓鱼的人，若像"孤舟蓑笠翁，独钓寒江雪"一样，才出水的鱼在舟上煮了吃，绝对是"傍江鲜"。然而，现在的江，被化工厂家倾倒农药废水，江里已经无鱼，若是有鱼，也已经呆若木鱼。这样的鱼钓上来，"傍江鲜"一煮，立马便可以尝出今天是哪一家工厂的排放日。

鲜笋过季，就只能制成明笋了。鲜笋，不加盐煮熟，晾干，可以久藏。要吃了，把明笋干放入冷水中浸泡一周，每天换水，捞出后用竹竿夹紧，用"一字刨"刨出极薄的片。别的刨不行，只有"一字刨"才能刨得薄。这样的薄笋片，再用水泡发三四天，随吃随取。明笋往年在乡村酒席中，是最常用的打底菜。大碗肥肉，上面是肥油腻色的大块肉，下面大半碗都是明笋。鸡肉鸭肉，下面也多是明笋。概因往年，肉类并不丰裕，只能用这样的办法来撑门面

了。

然而明笋一旦吸取了肉味、鸡汁，本身就鲜美，此时也就变得更为鲜美。时至今日，明笋好吃，人更贵之。乡下过年，有鸡鸭鱼肉，也有明笋，明笋总是先吃完。

然而，明笋为什么叫"明笋"，我却不知。后来听说，也可以写作"闽笋"，大概是因为福建菜中多此做法，明笋作为闽菜的特色食材，有"八闽山珍"的称誉。

笋是好食材，杭帮菜里，竹笋是极常用的配料。杭州最具特色的面食"片儿川"，浇头里就一定要有鲜笋片。到了杭州，明笋则似乎已不多见了。现在的馆子里，偶尔也能吃到腌笋、罐头笋，但那味道，与鲜笋、明笋都已不可同日而语。

苏东坡爱吃肉，也爱吃笋。他说："宁可食无肉，不可居无竹。无肉令人瘦，无竹令人俗。"这样的话，已经尽人皆知，"要想不俗也不瘦，餐餐就要笋烧肉"。然而在我看来，顿顿笋烧肉，也未免落俗了。

或问："若想不俗，当如何？"

曰："再盼一场雪来。"

雪来，我来。你，来不来？

九味杂陈魅羊汤

◇胡展奋

羊肉是否是美味,如同曹操是否是英雄,一向是有争议的。讨厌的,有很多理由,核心就是那个膻味,而喜欢的则不要理由,好的也就是那口膻味。

我是极恶羊膻的,并且多年来一直为那句成语纳闷:挂羊头,卖狗肉。为把狗肉卖出去,为什么非要挂羊头呢?难不成羊肉的美味,果真无与伦比,一如假表要冒瑞士的,假酒要冒茅台的?

但所有的变化始于陕北榆林。

那年冬天去榆林采访,延安市宣传部的拓继承相陪,大清早起来,飘着雪花,我问拓继承当地有什么好吃的,拓继承不假思索地就回答:当然是榆林羊头汤啦!

我一听天昏地暗,一个闻到膻味就直犯恶心的人,这不坑我吗!

但小拓不由分说地把我架了过去,路边一腌臜小店,一大群人

围在那里,很远就可以闻到膻味,但是奇怪的是,越走近,越有一股不可思议的香味,待到走进人群,那股混杂着蒜香、麻香、孜然香的味道已到不可抗御的程度。

　　所有人都蹲或站着,面向一溜矮脚的靠墙小桌,捧着大碗,"哧溜哧溜"地喝得满头大汗,脸上的表情亢奋而满足。拓继承要了两海碗,我一看,汤是奶白色的。大锅里舀出,极烫,海碗里先有蒜末、花椒、丁香诸物以及很薄的羊头肉片,大勺直接浇下,伙计顺手放一把香菜、辣子等,碗里顿时奇香四溢,且红白绿三色上下翻滚,煞是好看。因为有成见,我警惕地抿了一口,没想到极鲜极糯软,不禁大口啜吸,继之大口吞咽。羊头汤香透灵台,羊头肉脆嫩无比,特别是羊头肉,羊肉嫩乃众所周知,它还加上一个脆劲,真不知怎么生就的,恨只恨羊头太小,出肉率太低,刹那间哪里还有什么膻味呢? 天上飘着雪,浑身冒着汗,咀嚼间忽然佩服起先人的造字来,羊大为美,鱼羊为鲜,早就听说了,一直以为牵强得很,现在没有疑问了,而且有更深一层的理解:鲜者,少也,查我造字远祖食谱,世居黄土塬,鱼少,羊也不会多过草原吧。爱吃的人一多,遂成珍物;还有一个"恙"字,本义是"担忧",难道身外之物,羊才是最可牵挂的? 更有一个民族,羌族,大概不可一日无羊肉,干脆跟了羊姓。

　　人常说女娲亡政,一直有嫁祸女性之嫌,但事实上为一碗羊汤而兵败如山倒的还真有其事,比如《左传》记载,楚庄王于公元前607年,命郑国进攻宋国,宋国命名将华元迎击。

　　临战前,华元大熬羊汤犒师,军中人人有份。不料,在分发羊肉汤的过程中,不知何故,他偏偏把自己的车夫羊斟给忘了。翌日,两军正酣战时,那羊斟突然鞭子一扬,直接把华元的马车往郑营赶。华元大惊且大喊:"你疯了?那是敌营!"没想他狞笑着对华元说:"昨天分羊肉,你说了算,今天驾战车,我说了算!"

一军之帅就这样稀里糊涂地做了俘虏。

羊汤之魅,竟然使人公然投敌,我想换了一碗鸭汤,大概就不至于了吧。

奇的是,后来在各地,我都遇到过羊汤,却只是一味地膻,再也没有那个雪天的"九味杂陈"了。

南京的鸭子

◇黎戈

南京人和鸭子的渊源很深，三两朋友小聚，或是寻常家宴，都会斩盘鸭子，配些素菜，炖个荤汤，就成席了。鸭子视季节而定，烤鸭丰腴多脂，宜秋冬；盐水鸭清瘦适口，宜春夏。江南地下水位高，水网密布，鸭禽多，加之南京是亚热带气候，夏季酷热，地气燥，鸭子性凉，可以调理体质，补体液。这么说来，嗜鸭也是情理之中的事。

南京人是从什么时候开始嗜鸭的呢？据说始于朱元璋时代。本地产鸭以湖熟种为上，湖熟隶属江宁，明初成为贡鸭产地，赶鸭人从湖熟放鸭子入水，鸭子沿途一路觅食小鱼小虾，抵宁时已经膘肥体壮，又因为每日坚持运动，不至于肥膘过度。读过汪曾祺的《鸡鸭名家》，里面有赶鸭的盛景，赶鸭人在每只鸭子嘴巴上都做了记号，这样，即使在芦苇荡里混养，也不会弄错主人。鸭子上岸的次日，开始去内脏，腌制，抹盐以后用石板压制，是为板鸭。南京的名物桂花鸭，说是因为八月桂花飘香，又正是鸭肉最细嫩时而得名，我看这纯属附会，顶多是夏日食用鸭子比较解暑罢了。南京鸭子的动人处，恰恰在于它没有诗情，只有市井味。

南京鸭子久负盛名，口味好，身材棒，常常有人问我南京姑娘的样子，我说："桂花鸭你见过吗？身长玉立，不肥不瘦。"我不爱吃北京烤鸭，厨师肃立在旁，飞刀切肉，极有仪式感，可是鸭子偏肥，过于油腻。不过嗜之者爱不释手，梁实秋说吃烤鸭就是要吃那层油，广式烤鸭为了省掉"填鸭"的程序，直接吹鼓了皮烤，吃起来没有油分，让梁老先生大失所望。

口味这种事，真是很微妙和私己的经验，我不喜欢吃鹅，觉得纤维粗——鹅食草，鸭食杂粮，当然后者肉细，口感滑润。

鸭子所惠南京人大矣！早晨出门后第一件事是买鸭油烧饼，然后骑车上班。中午没有胃口，可以吃碗鸭血粉丝汤——这正是南京本地的经典小吃。做盐水鸭、烧鸭弃之不用的鸭杂：鸭血切成指甲大，鸭内脏悉数剁碎，加上豆腐混煮而成，吃的时候，服务员用竹兜涮熟一把粉丝，扔进沸汤，再撒上香菜和煮过的鸭杂，汤经过久煮，已经微微浑浊，但滋味不错，鲜，香，热。我个人喜欢山芋粉丝，耐煮，有嚼头。晚上懒得做菜，买份盐水鸭，整齐的鸭脯肉吃掉，剩下的边角就做汤，把白萝卜（也有用泡萝卜的）切丝，或是炒白菜余下的菜帮，慢慢地炖个把小时，就行了。啤酒鸭也非常简单实惠，到超市买现成的鸭腿，切块，用啤酒代替料酒，烧熟就行。连鸭子里面的土豆、粉条，都特别好吃。

没个性的南京人，现在又被鸭脖子征服了，街头巷尾都是绝味鸭脖的连锁店。不过话说我也很爱吃绝味系列，常常散步途中，就买个十块钱的鸭脖子或是笋丝、腐竹之类的回去，做夜读的佐餐。

鸭脖子和南京鸭子虽是近亲,然滋味迥异,泼辣强势,大开大合。常常让我想起楚地女作家,也是文风彪悍居多。初来南京的时候,我商量和几位女士一起创业,我说加盟个鸭脖子店好了,差点儿没被众女扁死,结果她们继续走风雅路线,卖日单小玩意儿、名品咖啡了,只有我,还对鸭脖子店怀想不止。红彤彤的招牌,热辣辣的气味,连柜台、灯光都是暖色系的,有股子强劲霸道的点燃生活的热望,应该不亚于张爱玲向往的牛肉庄吧。

来，打个蛋

◇ 殳俏

在日本的小面馆，总能看到菜单上的某些东西被冠以"月见"二字，那便是打进一个生鸡蛋的意思。月见荞麦面，月见乌冬面，热腾腾的一碗面中间点缀着流动蛋白中溢出的一轮鲜黄，顿时让人食指大动。有时候，火锅也会在最后"月见"一下，煮了多时肉和鱼的锅子，汤汁早已浓厚醇美，这时放进粥做杂炊，又打进三四个生鸡蛋，最后得到的那锅金灿灿的鲜粥，确实就跟满月一般，让人窥见小处之圆满，其实一炉火、一碗粥、一个生鸡蛋，也可以达成。

鸡蛋虽是最平凡的食材，却也是最百搭的味道，不知道为什么，很多吃的东西，尤其是某些粗朴的食物，经过"打个蛋"这个步骤，陡然就变得讲究起来。想一想，炸得金黄酥脆的猪排上卧着个鸡蛋，炒得油光锃亮的炒面里藏着个鸡蛋，那都是令人觉得无比喜悦的事情。更不用说，一日之计在于晨，吃早餐的时候必是让鸡

蛋的明快感发挥最大作用的时刻。隔夜的冷饭炒一炒,上面放个新煎的荷包蛋,或是把剩下的面包片裹蛋液,做成法式吐司。某次跟朋友一起吃午饭,有道传统意大利式的番茄炖牛肚,里面也别出心裁地放了个水波蛋,一经戳破,蛋液横流,包裹着炖得软烂的牛肚和酸酸辣辣的番茄,用烤得脆脆的吐司配着吃,鸡蛋在这道菜里发挥出的平易心和默契感功不可没。

给某种食物或某道菜"打个蛋",最重要的一点,是把握鸡蛋在料理上桌那一刻的生熟度。到底是全生的鸡蛋,还是蛋黄可以自由流动的水波蛋,或者蛋黄微微凝固的煎蛋,这只能依据各地食客的习惯和喜好来把控。就拿日式咖喱饭这种简单的食物来说吧,大阪人最喜欢的就是在咖喱上打一个生鸡蛋,然后用汤匙将生蛋拌入饭内,一口一口黏糊糊地吃。而东京人则会在堆得像小山一般高的白米饭上,挖一个火山口般的凹洞,然后将软扑扑的水波蛋埋在这个凹洞里,白饭周围淋上一圈咖喱酱。就算只是吃个普通的咖喱饭,也会有激动人心的时刻,而那个时刻便是用勺子斜插进咖喱酱覆盖的白饭,殃及水波蛋的蛋黄爆裂并迅速渗入米饭和咖喱之间的每一个空隙的瞬间。

老北京烤肉季有"武吃"的烤肉,意即一群人不是斯斯文文地坐在桌子边吃烤好的肉,而是围着大烤炉子站成一圈,脚踩板凳,手执巨筷,把已经腌渍好的肉放在炉上边烤边吃、边吃边烤。这样的烤肉讲究烤得微焦微煳,焦得酥脆,煳得似煳非煳,更显出大部分的肉又鲜又嫩,越嚼越香。每吃到渐入佳境时,便有一招叫"怀中抱月",烤着的肉被拨成一个圆圈,中间打一个生鸡蛋,再迅速扣上一个小碗,等过一会儿把碗移开时,便成了一份烤肉上盖着个新鲜滚烫的半熟鸡蛋,戳破蛋黄来吃,流溢着的嫩黄包裹着炙得焦香的肉，显得肉的质感更顺滑。找一个小烧饼，挖空了芯子，把这"怀中抱月"填进去，则是另一种风味。

台湾有种刨冰，就叫"月见冰"，原料很简单，就是在撒了炼乳和花生碎的刨冰上打两个生鸡蛋，吃之前必须好好搅拌。碎冰混着炼乳和花生碎，与黏稠的蛋黄搅在一起，忽然就有了浑然天成的冰激凌质感。说到这里，自觉吭哧吭哧写了那么多，观者却不以为然。有朋友评论道："你说的这些'打个蛋'的吃法都过于复杂了。其实最高级的'打个蛋'，莫过于找碗上等白米饭，弄瓶上好酱油，打个生鸡蛋，滴几滴酱油，拌饭。最庶民的'打个蛋'，则是随便下碗方便面，打个生鸡蛋，那也是极香。更棒的是，如果找到极优的鸡蛋，敲碎一小角蛋壳，撒点儿盐，直接用嘴一吸，那也是蛋香满口。只遗憾，现在哪有好鸡蛋。'满月'越来越少，怀中抱的月也越来越小。"

墨鱼大烤

◇食家饭

哥哥极少下厨,但不管什么菜只要他吃一次,总能烧个八九不离十。有一次他一高兴,烧了一道"墨鱼大烤",竟把座中一名七尺男儿吃得潸然泪下。他说自从他母亲去世后,就再也没有吃过这么正宗的"墨鱼大烤"了。

只听说过一道菜令人流口水,但吃菜吃到流眼泪,还闻所未闻。

墨鱼,上海人常常写成"目鱼",也叫"乌贼鱼"。有人分不清墨鱼和鱿鱼。墨鱼灰白泛青,鱿鱼微红;墨鱼肉厚,像个胖墩墩的荷包,鱿鱼细长,肉薄而有弹性,有透明感,长尾巴,所以,也被叫作"枪乌贼"。

"墨鱼大烤"是著名的宁波菜,当地人十分喜爱。小时候和哥哥在二姨家过暑假,二姨拎回半篮子比手掌大的墨鱼,拿出最大号的钢精镬子,将墨鱼逐一剔除内脏、骨头和眼珠,洗净,整只放入锅中，加水淹过墨鱼，用细纱布做一个里面装有茴香、花椒、桂皮的小料包，加入葱节和拍碎的生姜，倒入适量的黄酒和酱油，小火慢煨。宁波菜肴中的"烤"法，指用小火将食材煨至熟软入味。

墨鱼在灶上烤着，一会儿便散发出一阵类似墨水味的臭臭的味道，但慢慢就被特有的香味替代。

有人问："'墨鱼大烤'什么时候算烤好了？"我说："等那香味让人忍无可忍，即出锅的吉时。"是啊！那种香，像海潮一样，一浪一浪缓缓涌过来，让你无法抵挡。

最后，往墨鱼中加一点儿糖，烤干汤汁后，熄火，焐在锅里慢慢冷却。"墨鱼大烤"不能用刀切，要用手撕成宽窄均匀的墨鱼圈。切出来的墨鱼，纤维被破坏，口感略差，摆盘也难看。每次在外面点菜，端上来的"墨鱼大烤"如果是用刀切得整整齐齐，就可能不是宁波师傅掌勺烹制出来的。

烧"墨鱼大烤"，最重要的是烤料理时一定不能去皮。墨鱼皮富含胶质，烤煮中会产生浓稠汁液，包裹滋润食材，使成品富有光泽，质地也会更软糯。

如果用墨鱼烤肉，则可以剥皮，墨鱼烤肉如果不去皮，墨鱼皮最后会在菜中留下黑色渣滓，反而不好看。

去买墨鱼，摊主如果是一个正宗的宁波人，只要提醒他："我是要烧'墨鱼大烤'的哦！"他就一定不会把墨鱼身子剖开，也一定不会剥了墨鱼的皮。

每次做这道菜，二姨肯定会加一些米煮饭。有"墨鱼大烤"的一餐饭，吃过量也是可以原谅的。二姨还关照我："自己吃不要紧，要是家里设宴请客，最好提前一天做好，因为烤过这样一大锅墨鱼的厨房，一整天都是臭臭的。"

活色生香豆腐皮

◇二毛

将腐皮泡软,加秋油、醋、虾米拌之,适宜在夏日蒋侍郎家入海参用,颇妙加紫菜、虾肉做汤,亦相宜。或用蘑菇、笋煨清汤,亦佳。以烂为度。芜湖敬修和尚,将腐皮卷筒切段,油中微炙,入蘑菇煨烂,极佳。不可加鸡汤。——《随园食单·杂素菜单》

记得小时候一次遍身长疮,奇痒难忍。母亲把豆腐皮烧存性,然后用石臼研成细末,放进一只碗罩,加些香油一边调和一边涂抹在我身上,每天早晚各涂抹一次,两三天后竟然就慢慢好了。还有一次是我患上了肺热咳嗽,母亲就用豆腐皮加冰糖煮熟了给我吃,也是吃了两三天就不咳了。那时觉得,太不打眼的豆腐皮真神奇。长大了才知道,豆腐皮不仅清肺热、止咳、消痰,还养胃解毒。

在那些缺肉少油的年代,母亲常用豆腐皮煮白菜为我们解馋。所谓解馋,是指母亲做出来的豆腐皮既柔软又韧弹,油花再放多一点儿,就接近吃肉的口感啦。每年春节的时候,母亲会用豆腐皮和猪肉来做一道叫作"虎皮肉"的过年菜。

母亲叫我把一斤左右的猪肉剁成茸，然后和一个鸡蛋、姜末、葱花、淀粉、精盐、酱油混合调拌均匀成馅；母亲则把用水浇过使其变软的整张豆腐皮摊开，抹上水淀粉，再将馅铺上，约四分厚，然后用刀划成四寸长、三寸宽的小块；接着母亲将划好的小块下热油中炸五分钟左右，捞出沥去油，再切成小块，扣入碗内，有豆腐皮的那一面朝上，上蒸锅蒸透；最后取出，加入放了盐的炖鸡汤就可以上桌了。写到这里，仿佛那碗肉酥香、味鲜美、表面似虎皮的热气腾腾的"虎皮肉"，又从那遥远的20世纪70年代端了过来。

有一年去福建泉州采风又采菜，当地诗人兼吃货朋友阿太为我专门做了一道他的拿手私房菜——"阿太蟹卷"。只见阿太把四五斤梭子蟹洗净，放入加有少量清水的锅中煮熟，然后一个个剥出蟹黄、蟹肉（剥时我就闻到了一股鲜香）；然后把半斤左右的猪五花肉及荸荠、葱头切成丝；接着把两个鸭蛋打散，加入蟹黄、蟹肉、五花肉丝、荸荠丝、干淀粉、饼干粉、精盐、味精、少许水，拌和成黏糊糊状；这时阿太才把发软的豆腐皮铺于案板上，放入黏糊糊摊成七分宽的长条，把豆腐皮卷成卷，排于盘中；接着阿太起了一个六成热的花生油锅，分次下入豆腐皮卷炸四分钟左右，将熟时，阿太加大了火力催酥至熟，然后捞出，切成一寸长的块。阿太说趁热佐以香醋、辣酱、香菜，就可以下酒了。

当伴随着"咔嚓"一声我第一口咬下去，那口感和皮酥里嫩的质感以及鲜美蟹味兼有的蛋肉、饼干等多种味道，差点儿就把我香晕了过去。此菜阿太让我开眼界的，一是用鸭蛋而不是鸡蛋，二是用了我们平时当零食吃的饼干。

用豆腐皮做菜，全国各菜系几乎都有风味名菜。浙江有"干炸响铃";淮扬有"鲜豆腐皮炒青蟹肉";广西有"凤凰金钱牛";福建有"鱼茸卷";而河南最多,有"虎皮卷""炸虎皮虾包""腐皮烩腰丁""烧豆腐皮""熏鸡烩腐皮"等。

其实在众多豆腐皮做的菜里,最多的还是来自寺庙的仿荤菜,比如福建普陀寺的"冬菜鸭""糖醋排骨";杭州灵隐寺的"炸熘黄鱼""炸黄雀";功德林的"功德火腿""脆皮烧鸭""鸳鸯鸡卷"等。这些用豆腐皮做的名素菜,正如我们袁枚老先生所赞赏的,"芜湖敬修和尚,将腐皮卷筒切段,油中微炙,入蘑菇煨烂,极佳"。

尝尝四大美女

◇谭汝为

民以食为天，天者，至高无上之谓也。即言悠悠万事，唯"食"为大。于是，逢年过节、亲朋聚会、迎来送往，都离不开一个"吃"字。即使爱与恨两极相反的情感，皆可用"吃"表示——对不共戴天的仇敌，可"寝皮食肉"；对美女靓妇，则"秀色可餐"。用美女为食品菜肴命名，则身价陡涨。

福建名点——西施舌。厨师采用吊浆技法，用糯米制成水磨粉，用枣泥、桃仁、桂花、青梅等十几种果料拌成馅儿。以糯米粉为皮儿包入果馅，放在舌形模具中压制成型。或汤煮，或油煎，其色如皓月，香甜爽口。

其实"西施舌"就是文蛤的一个品种，其肉质软嫩，外形如舌。西施是名震四海的美人，二者一牵手，则声名大振，引来文人雅士为之撰文分析。20世纪30年代，郁达夫赞誉福建长乐"西施舌"为闽菜神品。这道汤菜，汤汁腻滑，味道鲜美，故有"天下第

一鲜"之称。

福建名菜"贵妃鸡",看着躺在大汤盆、浸在热气腾腾的汤汁里鲜肥滑嫩的母鸡,令人不禁联想到杨贵妃在华清池"温泉水滑洗凝脂"的情景。菜名启发食客在大享口福的同时,产生对"秀色"的联想,可谓匠心独运。

苏州"贵妃鸡",以肥嫩母鸡做主料,配香菇、淡菜、嫩笋、葡萄酒为调料,色泽鲜艳,肉嫩上口,酒香浓郁,味美醉人——蕴含"贵妃醉酒"的典故。西安"贵妃鸡",是以鸡脯肉、蘑菇、葱末、料酒等为馅的饺子,状如麦穗,鲜美不腻。

豆腐名菜品种繁多,美女肤色白皙,肌理细腻,故豆腐多用美女喻之。"貂蝉豆腐",俗名"泥鳅钻豆腐"。此菜豆腐洁白,味道鲜美,略带辛辣,汤汁腻香。菜名蕴含《三国演义》"王允献貂蝉,巧施美人计"的故事。用"豆腐"比喻白皙美丽的貂蝉,"泥鳅"比喻奸猾的董卓。泥鳅在热汤中急得无处藏身,只得拼命钻入冷豆腐中,但终究逃脱不了被烹煮的命运。

传说出生在楚地的王昭君,出塞之后却不习惯吃北方的面食。于是,匈奴御厨就设法将粉条和油面筋合在一起,用鸭汤烹煮,荤素搭配,汤菜一体,甚合昭君口味。后来,人们便用粉条、面筋与肥鸭烹调成菜,称之为"昭君鸭",流传至今。

慢的食物

◇鱼小玄

胡兰成在《今生今世》中写道:"母亲叫我剪桑叶,要照她的样一把理齐了剪得细,因为乌毛蚕嘴巴还小。她教我溪边洗白菜,要挖开菜瓣洗得干净,上山采茶,要采干净了一枝才攀另一枝来采。"读到这段的时候,我的心早已挪到厨房去了,那里炖着一锅极为磨蹭的汤,在我看来一切都因为砂锅的龟速,我已经开始盘算着下次煮汤是否得换成高压锅。

前些天一个朋友兴冲冲跟我讲,他买了一个自动炒菜锅,"你知道多神奇吗?有了这种自动炒菜锅我就不需要会做饭的老婆啦,超市都有现成切好配好的菜,只管倒进去,再倒上油盐酱醋,把锅盖一盖,几分钟后菜就炒好了。"我问他自动炒菜锅炒出来的菜味道如何,他撇了撇嘴,"还不错的",说完又补充一句:"主要是省时间嘛!"

大家什么时候开始都没有耐心做食物了呢?

在我的故乡，家家户户自己做腊货过年大概是千百年来的风俗，而香肠又是腊货的主力军，入了冬以后，随便扫一眼各家各户，阳台上一定都排着一连串几十上百根冒着油绷着脸的香肠大军，牛肚猪舌鸭胗也夹杂其间，像来活跃气氛的文工团。

做香肠很有讲究，最好是用猪大腿，这种肉筋道。把猪腿上的肉都剔下来，细细地切成薄片，这种时候往往很需要耐心了，记得小时候做香肠是亲戚几家合在一起做，各家的女人们都上阵，屋子里都是刀和砧板亲密接触的声响。这种活计往往需要耗费一整天，到了黄昏日落，切好的肉终于被拌上盐和白酒，再一点点灌入肠衣里。

每年做香肠都是要循着节气而来的，我家乡所在的南方丘陵地带常年温暖湿润，一般只有入了冬才会有适合香肠晾晒的干爽气候。据说冬至前后的气候条件又是最好的，一年中大概也只有这段时间，每家的主人起床第一件事就是把香肠晒出去，而回家来的第一件事大概也是去看望一下他们的香肠，是不是冒油了，是不是有了香味。如果某天突然刮风下雨，那么一定有许多人赶着乌云密布回家——收香肠，就为了来拜年的亲朋喝完过年酒，道过恭喜发财，再夸一夸自家的这碟腊货。

在我的故乡，过年前还有一项重要的准备就是做米酒，做酒这件事情说起来比烧一桌子菜简单多了，但是重要的是要有耐心，有耐心才能等到好酒。很多人家一般都是过年前几个月开始酿酒，等到几个月后过大年，那时候的米酒是青白色的，入口清甜。而真正的好米酒那么早可喝不到，米酒放到第二年会变成黄色，到了第三年，米酒就变成赤色了，像葡萄酒一样的赤，像玛瑙一样的红。这种家常的酒让人觉得就像田间地头的乡下丫头，若是放到深闺待久一些，大概也会有那么一点儿大小姐的沉静又娇美的姿态吧。

我外婆是个泼辣爱热闹的湖南女人，她常常定期在家里号召饭局，清明要做艾米果，端午做粽子，立夏做米粉肉，老人家对每个节气都会有提前的计划。记得从前到了田螺肥美的季节，外婆是要组织全家人来一天的"田螺宴"的。田螺必须提前好几天买回来养着，好几大盆，放一点儿芝麻油，田螺就会出来冒泡把泥沙吐干净。当然小孩子最喜欢的事情还是看"杀田螺"，这件事通常由大舅去做，他有一副专门杀田螺的铡刀，把田螺"摁"在铡板上，手起刀落，"咔嚓"一声田螺的尾部就剪掉了。煮田螺也是费时间的事情，用八角、桂皮、干辣椒等各种材料煮，煮到天色将晚才能出锅。现在回想起来，还是要感谢田螺们，让那时候的那个小孩儿，在许多天都被期待和馋虫塞满了。

炒的不是饭,是艺术

◇蔡澜

通常自己弄几道菜的人,要是不会炒饭的话,真应该打屁股。

炒饭,是烹调之中最基本的一道菜,但是要炒一碟能称得上好吃的饭,最难。

炒饭的最高境界在于炒得蛋包住米粒,呈金黄,才能叫得上是炒饭。要达到这个效果,先得下油,待热得冒烟,倒入隔夜饭,炒至米粒在镬中跳跃,才打蛋进去。

蛋不能事先发好,要整个下,再以镬铲捣之,就能达到蛋包饭的效果,给蛋白包住的呈银,蛋黄呈金。两者混杂,煞是好看。

为什么要用隔夜饭?米粒冷却之后才能分开,刚炊熟的粘成一团,不容易粒粒都照顾得到。

至于用什么米来炊呢?蓬莱米和日本米虽然肥肥胖胖,但黏性极强,不是上选,普通米最佳,泰国香米是我最喜欢用的材料。

配料应该是冰箱里有什么就用什么,不必苛求。爆香小红葱,广东人叫干葱的,就很不错,用洋葱来代替也行,不过要切粒,爆至微焦才甜。

基本上所有的配料都应切粒,只能大过米粒两三倍,才不喧宾夺主。加上一条切粒腊肠,炒饭即起变化,腊肠是炒饭的最佳拍档。

有点儿虾更好,冷冻的固佳,但新鲜游水虾白灼之后,切粒炒之是正途。绝对不能用养殖的,养虾已不是虾,是发泡胶。

金华火腿切粒也是好配料,但先得蒸熟。随便一点儿,用西洋培根代替,爆脆后放在一边待用,没有这两种,也可用叉烧粒入饭。

豪华奢侈起来,可用螃蟹肉来代替鲜虾,蒸好螃蟹拆肉备用。蒸时在水中下点儿醋,熟了也不会酸,但拆肉就容易得多。当然,以大闸蟹的膏来炒,美妙得很。

调味方面,材料丰富的话撒点儿盐就是。但是单单的一味小红葱炒饭,就要借助鱼露了,鱼露带腥,可避寡,有起死回生的作用。

上桌之前撒不撒胡椒?就要看你好不好此物,我下胡椒是在把蛋包在米粒的阶段中。

炒饭不能死守一法,太单调,便失去乐趣,我虽然很反对所谓的混合料理,但是求变化时,在炒饭的上碟阶段加入伊朗鱼子酱,也是一招。法国鹅肝酱则不好用,它太湿了。要煎过之后用镬铲切粒才行。而且得选最好的,不然吃起来总有一股异味,若从此对鹅肝酱印象极差,以为都是难吃,那么人生又要少一种味觉了。

香菇浸水后切粒炒饭也好吃,但如果把菌类派上用场,那么也有法国黑松露菌和意大利白菌可选择。

粤人有一道姜茸炒饭。一般是把姜切成碎粒,油爆之。这种方法怎么爆也爆不出姜香来,姜茸炒饭的秘诀在于把姜磨碎之后,包布挤出汁来,而姜汁弃之,只采姜渣,混入米饭中炒,才够香味。

昨日在菜市场看到新鲜的荷叶,要回来烧一姜茸炒饭,置于荷叶之上。又逢黄油蟹当道,买了一只,用洗牙齿的喷水器把螃蟹腿上的腋下处喷个干净,冲净肠胃,把螃蟹摆在姜茸炒饭上,荷叶包裹,蒸三十分钟,取出,剪开,香气迫人来。

高贵的材料都属险招,偶尔使之以补厨艺的不精是可以接受的。一吃多了就腻,反效果的。

返回炒饭的精神:是种最简单的充饥烹调。

但是千万要记住的是用猪油来炒,其他什么粟米油、花生油、橄榄油,都不能烧出一碟好炒饭。爆完猪油后的猪油渣,已是炒饭的最佳配料。

什么?用猪油?不怕胆固醇吗?小朋友问。

任何东西偶一食之,总可放心。而且,大家都知道胆固醇有好的和坏的。

别人吃的,都是坏的;我们吃的,都是好的。

偷饭的小贼们

◇唐小为

五六月间的满黄梭子蟹,盐渍后拆好,调入掺了作料的滚酱油汤。吃的时候,米饭盛进蟹壳,拌上蟹黄、酱汁,嘬一口蟹肉配一口饭,"根本停不下来"!

江浙一带也嗜生蟹,一般是加盐加酒,佐以五花八门辅料,短则醉几小时,长则炝十来天;对象也不限梭子蟹,近海滩涂小螃蟹、阳澄湖里大闸蟹,均照醉不误。这类蟹肴自古有之:《齐民要术》里不放酒而放蓼汤,借水蓼的辛辣味去腥;隋炀帝好甜口,他的"镂金龙凤蟹"要先在糖稀里浸一宿才入盐汤;《东京梦华录》里的"洗手蟹"调味更讲究些,添了生姜、陈皮、花椒等香料;浦江吴氏的方子最粗犷,"糟、醋、酒、酱各一碗,蟹多,加盐一碟"。

红膏炝蟹加米醋,是沿海居民的"大下饭",可对付不了内陆舌尖。云贵川陕一带,不少人连清蒸虾蟹配姜醋都嫌有味儿,非搁

花椒辣椒爆炒不可,生腌的海物河鲜就更消受不了了。这跟许多两广人吃不了手把羊肉是一个理儿,"水居者腥,肉玃者臊,草食者膻",好哪一口跟小时候吹没吹过海风闻没闻惯草甸子味儿大有干系。

西南地界土生土长的偷饭小贼另是一个路数。贵州"老干妈"、重庆"饭遭殃"一类重油配辣子的杂拌酱,是他们走南闯北丢不下的小跟班。成都朋友去上海开会,对着一桌子本帮菜嘀咕,这么甜,老子嘴里要淡出鸟来了(是被糖瓜糊了嘴的家雀吧)!宴席一散,直奔宾馆,弄碗方便面拌上小半瓶老干妈,还必须摆起王宝强在康师傅广告里那个吃相,才镇得五脏六腑都平稳了。

这当然是出门在外不得已为之,川渝人屋头的小贼们要温和许多,比如泡菜。不管桌席还是火锅,大伙儿先都尽情喝酒吃菜,但肚皮里只有酒菜哪能算饱?末了总要喊"小妹儿,添碗饭",小妹儿若只管拿饭来,是要遭埋怨的:"白饭啷个吃嘛,打碟泡菜噻!"其实桌上的菜远没消灭完,哪至于吃白饭?害的是那口小贼。

四川泡菜盐不重,主要借花椒白酒之力。名堂多——红白萝卜、黄瓜莴苣条、藕片豇豆角、卷心菜苤蓝、辣椒、姜、蒜——只有你想不到的,没有他不敢泡的,我在峨眉山脚下吃过泡茄子!名堂多颜色就好,农家乐柜台上,几大玻璃瓶红黄白绿在前,瓶子后面偶尔探出年轻老板娘桃花色的脸蛋,现成的油画。

比起单用泡菜下干饭,更精致的做法是加点儿鲜菜炒成咸香口,下粥。泡豇豆、炒鲜豇豆在重庆的早点摊儿上极受欢迎,酸、爽、脆、嫩,配上绵滑的米油子,开胃指数爆表。异曲同工的是江浙小菜萝卜干炒毛豆,我四岁多在上海,就着这口创造过一顿下去三碗泡饭、吓倒舅妈的纪录。

湘西也有一种广为流传的腌菜炒鲜菜,叫"外婆菜",是拿梅干菜、酸豆角一类腌物加大蒜、青红辣椒、五花肉丁爆炒,这里头辣椒就是鲜菜啦!"外婆菜"可以直接下饭,也可以烧鱼炒肉烩豆腐当作料使,据说能把一锅菜都带成偷饭小贼。至于为什么叫"外婆菜",一说乡下外婆清贫,无钱大鱼大肉地办招待,整出这么一碗能让一大家子人吃高兴了,划算;另一说做这个菜总要用腌晒得恰到好处的时令菜,想想也只有外婆经验多耐心又足,记得什么节气该腌什么晒什么。我心中总偏向后者,觉得多了外婆柔和厚实的手掌和太阳味儿,暖烘烘的,舒服。

读书时有个湘籍舍友,小伙子勤奋得很,每回烧饭都一次性炒至少三天的下饭菜,好腾出更多时间鼓捣他那个飞机课题。我们戏称他做菜的模式为"肉末辣椒炒××"——他喜用肥瘦参半的大盒绞肉馅,又必放切成小圈的青辣椒,变量"××"则视冰箱里有啥而定。想来是身在异乡、够不着外婆,聊以自慰的简化版"外婆菜"吧。

各地主食有别,如果将"饭"的外延扩大一点儿,那么陕北拌凉皮的油泼辣子、山东卷煎饼的大葱和豆酱、北京抹烤窝头片儿的王致和臭豆腐,也都可纳入偷饭小贼一列。豪爽如东北菜,大碗大盘之间还是会有酱碟的一席之地,黄瓜、水萝卜、生菜、柳蒿芽,蘸黄酱、东北大酱或蜢子虾酱,嗷嗷香!

偷饭贼也不独东方有。地中海一带流行的家常小菜塔布雷(tabbouleh),是把番茄、欧西芹、薄荷、洋葱(或小葱)切细丁,用柠檬汁、橄榄油和盐调味,再拌上煮熟的碎小麦或者北非小米。意裔同学玛丽亚给我演示过她们家的经典搭配,是舀一大勺塔

布雷,一大勺黑豆泥,浇在热米饭或软乎乎的皮塔饼上。洋葱味道略冲,让我得以保持较为斯文的吃相,但眼见这个身量不足一米六的娇小女孩一顿横扫两盘米饭、一个皮塔饼,也算领教了西方偷饭贼在人家自个儿地盘上的神通。

  如今各式菜谱多得卖不动。不知为什么没人动动中西偷饭小贼的脑筋,像《水浒传》开篇那样来个一百单八"贼"绣像(照片)和简历(制法),保准不胫而走。

  没错,你尽管嘴大吃八方,放胆造天下美食。但总归有些个时候,各式大菜的诱惑都暂时被屏蔽,只有蛰伏在记忆深处的味觉密码才支使得动舌尖。那是隐秘的犄角儿里蹲着的某位小贼,拿小爪子轻轻挠你的胃呢!

第五章

囿于厨房与爱

酿心

◇句芒

  2011年秋季葡萄最甜美的时候，好友教给我一种自酿葡萄酒的简易方法：将葡萄冲洗晾干，用手各个搓揉捏破，置于容器中，覆白糖，加盖但不密封。几天后皮渣上浮，容器底开始冒泡。再加糖，然后怀着中学做化学实验的惊异心情，看着气泡一个个地往上冒。这个过程安静而绵长，约莫一个月后气泡消失，滤去酒渣，得到颜色如红宝石般莹润的葡萄酒，气味芬芳，入口醇美。

  所有对抗衰朽、对抗腐败的方法无非冷藏、风干、腌渍和酿造，而酿酒真是奇妙的化学过程，因为唯独它产生了逆时而生的绝美，唯独它不仅延续了果实的鲜活，更于鲜活中升华出新生。如果操作得当，一粒葡萄的甜美可以在酒瓶中绵延十年甚至更久，开瓶之日尽情挥发迷醉众人的醇香。

  有一位我尊敬的女性长者，童稚时初见她毫不感到青春逼人的美艳，朴素内敛到使人忽略她的存在，然后渐渐耳闻目睹她在工作生活中的淡定沉着，再大的难题不惊不怒，冷静应对，一点点解决。此后每隔几年见到，便惊觉她身上由内散发的温润和从容，同龄女子纷纷为地球引力所拖拽，一切皆向下时，她奇异地上扬着，无论眉梢还是嘴角。我上次见到年过五旬的她也是在深秋，她穿一件驼色大衣，裸色及踝靴，头发在脑后盘个髻，化着淡妆，整个人轻盈干净，你知道她已经不再年轻了，但不得不承认她的美丽和优雅甚至比饱满的青春更加触动人心。

我越看她越是一瓶精心酿造、充分发酵的美酒，谁的生命不曾经过摔打搓揉，谁也不能逃过寒秋的冷霜，她的睿智在于将所有经历罐装，以自身滋养自身，然后安静耐心地等待着浮渣泛起，最终沉淀出莹亮香醇的新质感。

时间是这样摧枯拉朽地侵蚀着所有的生命，让华美的归于狼藉，让清脆的归于腐败，让激越的归于寂寞。要抵御它的来袭，除非新生，除非以更柔更韧的姿态延续终将逝去的青春。

我总以为人无论遭遇了多少，总要保持一颗年轻的心，其实不是，一颗有经历、重生过的新心，才会散发出遮盖不住的生命醇美。

梦遥：从"吃货"到"吃主"

◇梦遥、西梅

人生就像胃，把好的不好的全消化

刚刚大学毕业一年，就要去做美食节目。那个时候心理压力特别大，一是什么都不懂，在家里也很少做饭；二是大家不看好你，你没有长着一张贤妻良母的脸，年纪也没到那个份儿上。阿姨直接打来电话跟节目组说："你看你们新找来的小姑娘刀都不会拿啊。"

我那时住的是小公寓，没想过要做菜，所以连厨房也没有。没办法，重新换房子，带厨房的，练切菜啊什么的，那段时间我经常请朋友回家吃饭。晚上8点钟吃饭，下午4点钟就在厨房里忙活了。

后来就到了《美食地图》，每天要跑六七个地方，最晚拍到夜里两点钟，而且京郊地区比较多，基本是处于北京城一日游的状态中。第一年做得特别用力，什么都真吃，什么都大口来。有一次录节目的时候，胃疼得不行了，直接到了满地打滚儿的程度，诊断说是急性肠胃炎，就在医院躺着打吊瓶，喝了一个月的粥。

去年做《食全食美》节目，我估算了一下，一年时间大概拍了有480家餐厅，《周末版》总共拍了1600多分钟。比方说今天是麻辣香锅主题，就吃一天麻辣香锅，明天是烤鱼主题，就会吃一天的烤鱼。这种麻辣、热辣大集合，你吃第一顿的时候会觉得还好，第二顿勉强，到第三顿的时候已经尝不出什么来了。如果刚好赶上身体不舒服，就爱喝粥，但今天偏偏要拍一天的麻辣香锅，那就很痛苦了。

每次吃到不好吃的东西，或是工作不开心了，就会去微博上看看有多少人在羡慕我，马上状态就调整好了，大家都那么羡慕我，都想跟我换工作，一定是有原因的，所以就应该知足。那就自己找调节的方式，练练瑜伽，旅行啊，跟朋友踏踏实实吃顿饭啊，等胃里、心里消化好了，再去迎接新的生活。

从"吃货"晋级到"吃主"

我原本是个单纯的爱吃、爱旅行的女孩。但现在我知道不能只用"吃货"的标准要求自己，"吃货"自己嘴馋，跟风去吃，但我们努力塑造出来的是"吃主"的形象，是带领"吃货"去吃的人，要比"吃货"段位更高。"吃货"特别爱吃，"吃主"特别懂吃，是引导消费的人。

现在我去某个地方，都会做旅行笔记，以前就是看景儿，现在是把吃东西放在第一位。去日本旅行的人，别人想着看东京塔，去迪斯尼，但我为了去蔡澜《日本料理》中推荐的寿司店，一个人跑去了日本鱼市。在鱼市的旁边，就有非常有名的寿司店，门口排长队的人就为吃他家的寿司，他家的芥末是由山葵做成的，特别新鲜，一般的芥末的辣味都是挺在鼻头那儿，新鲜的芥末是那股辣味上来之后立刻下去，就像一波海水涌上岸来，当它下去的时候，海岸立刻把它全部吸干的感觉。

我打开全部身心，去接受这些关于食物的美好的信息。因为只有看到好的，吃到好的，你才会有鉴别能力，才会去追求更好的，更健康的，更用心的。

谷歌公司的中国大厨

◇飞翔

几年前,中国厨师肖智军进入谷歌总部食堂,在这里,他见识了谷歌食堂的种种神奇,并通过自己的奋斗,一步步从小厨师爬到了总厨助理的位置……

靠一道"水立方"鹅肝走进谷歌

肖智军是广州人,2006年经人介绍来到美国加州当厨师。2008年8月,谷歌公司面向全球公开招聘30名新厨师。不过,谷歌开出的招聘条件非常严,应聘者必须从事厨师工作三年以上,至少有一年星级酒店或高级西餐厅工作经验,此外还必须掌握除英语外的一种语言。

看到招聘信息,肖智军激动不已,迫不及待地递交了简历。

一个月后,肖智军来到了位于加州山景城的谷歌总部参加面试。

肖智军凭借实力赢得了考官们的一致肯定，顺利进入最后一轮考试——做一道最拿手的菜。

进入厨房后，肖智军被带到了冷藏库，他要从堆积如山的原料中挑选自己想要的食材，做出一道别具特色的拿手菜。考虑一番后，他决定现场独创一道涵盖中西特色的菜——"水立方"法式鹅肝。

经过一个小时的烹制，肖智军的"水立方"法式鹅肝做好了。考官们见了这道品相新颖的菜，立即被肖智军的独具匠心吸引住。品尝后，他们发现，肖智军制作的鹅肝细腻滑润，香而不腻，入口即化，非常地道。于是，肖智军顺利被录用。

不创新会死

进入谷歌后，肖智军被分在了中餐部。大部分新入职的厨师都要先当半年助理厨师，而他因为面试时表现突出，直接被定为了厨师级别。

中餐部部长老朱是一名五十多岁的华人，在美国当了二十年厨师，在谷歌已经工作了七年，资格很老。肖智军上班的第一天，老朱就对他说："谷歌公司工作氛围非常轻松，任何员工都可以对老板提意见。但在厨房，不能混淆等级，每个人的地位都是靠厨艺拼来的，如果你没有超过我的本事，就必须听从我的安排……"

起初，肖智军以为在中餐部会轻松一点儿，可他很快发现事实并不是这样。

让肖智军不适应的是，谷歌公司极其崇尚创新，总厨规定，每个餐部每天必须推出一种新菜品。而中餐部因为人少，每个厨师平均每周至少需要贡献一种新菜品。

前两个月，因为不了解员工的口味，也不知道哪些菜已经被同事们做过，肖智军只好把自己会做的上千种中国菜品写下来，让老朱挑出没有做过的菜，然后轮着做。

幸运的是，他做的新菜品，大部分受到了员工们的欢迎。

谷歌公司为了让员工们吃到最好的菜，专门建立了一个内部网站Foodback（饮食反馈）。每种新菜研发出来后，都会被放到网上，供员工们反馈、点评，每个月都会评出五种最受欢迎的菜。这种浓厚的创新和互动氛围，极大地激发了肖智军的创造热情。

成为"救菜"大师

2009年1月，肖智军开始了真正的创新之旅。他做了一道名为"混合特色烤乳鸭"的菜。这道菜在北京烤鸭的基础上进行改良，融合了广东烧鸭的做法，但选用的材料却是南加州出产的仔鸭，肉质细嫩。

这道烤乳鸭推出后，立即成了Foodback上好评率最高的菜，引来了大批员工享用，月底还被评为最受欢迎的菜。

2009年年底，肖智军利用回国过年的机会，带了一大批在美国买不到的食材，如豆腐、豆芽等。没想到，这些中国家常菜，到了谷歌总部食堂，却成了大家争相抢夺的美味。2010年5月，为了准备当年的谷歌厨师大赛，肖智军专门回国，跑到江苏向"河豚大王"周长顺学习做河豚。凭借这一独特技艺，他在厨师大赛中一举夺得了年度冠军，引起了公司总厨艾维的注意。

艾维非常欣赏肖智军的才华，将他升为中餐部的二厨。三个月后，艾维又将他调到了西餐部锻炼。

西餐部是谷歌总部厨房中最大的部门，人才济济。为了崭露头

角,肖智军决定结合自己做中餐的经验,在西餐中加入做中餐的技法。一次,他做美式烤三文鱼时,就增加了蒸的技法,先蒸后烤,使得这道菜更加酥软美味,受到了大家的欢迎。成功后,他又与糕点师合作,推出了涵盖中西的提拉米苏驴打滚,颠覆了传统的提拉米苏和驴打滚的单式做法。此后,他还融合美式、法式、意式西餐风格,做出了吸纳百家之长的独特西餐。

2012年8月,鉴于肖智军的突出表现,经谷歌"厨艺评审委员会"审定,他被提拔为总厨助理,给艾维当助手。

现在,肖智军还多了一项工作——"救菜"。因为西餐材料比较贵,厨师们一不小心没做好,就面临食材浪费的问题,这时,肖智军就得出马,帮他们变废为宝,化腐朽为神奇,把这些失败的菜重新加工成美食。

在新加坡吃拉面

◇李金鹏

不久前,我到新加坡玩了几天。我是北方人,喜欢吃面食,尤其喜欢吃牛肉拉面,国内拉面馆吃了有几百家,每一碗,牛肉和香菜都摆在碗的最上层,摆在上面自然有好处,一是给食客看这碗里真的有牛肉,二是放在上面省时省力,撒上就是。可在新加坡,却不是那么回事!

新加坡有一家叫"来客好"的餐馆,我和老婆落座后要了两碗牛肉拉面,在一边等了很长时间,面才端上来。什么牛肉拉面,上面根本没牛肉呀。我实在忍不住了,叫来服务员,笑着问:"你们不是卖的牛肉拉面吗?碗里怎么没牛肉?难道就像相声段子里说的那样,你们的厨师叫牛肉?"服务员说:"牛肉拌在面里面。"我拿了筷子在面里一扒拉,果然找到了牛肉块,再一扒拉,牛肉还不少。我就奇怪了,牛肉为什么都埋在面里边?后来厨师告诉我,之所以埋在里面,一是增加牛肉与面的接触面积,这样牛肉香味更容

易进入面里；二是食客在吃的时候，可以吃到"惊喜"，说不定哪一筷子下去就能夹到一块牛肉。

当时，我觉得把肉埋在面里面，要多花很多时间，尤其是用餐高峰期，这样不耽误事吗？后来，我发现即便在用餐高峰的中午和下午，厨师还是会把牛肉埋在面里，而等待的食客一点儿都不着急。后来我明白了，人生就像吃拉面，要慢下来欣赏，去发现惊喜和快乐，而新加坡面馆卖的也不只是一碗牛肉面，而是一次"快乐之旅"。

虔诚的吃货最后都成了大厨

◇林以昼

来自美国洛杉矶圣费尔南多谷的13岁少年弗林·麦加利不是个简单人物,短短数月,"烹饪天才""人气大厨"等响亮的名号纷至沓来,一个厨艺界的全民少年偶像就此诞生。美国NBC国家广播公司和《纽约客》等各类媒体纷纷对他进行了专题报道,不少家长在得知麦加利的事迹后甚至也打算让自己的孩子去学习厨艺。

在烹饪这件事上,麦加利的超高天赋令人不容置疑。他11岁开始学习做菜,短短两年时间便抵达了无数人辛苦一辈子都到不了的境界。在前不久的好莱坞"普拉亚"餐厅里,人们就见识了麦加利的厉害,他为100位特别预约的顾客烹制了只限量供应一晚的美食。当晚的晚宴一共有八道菜,而且包括颇为复杂的韭葱茴香焖鳟鱼等,让人在品尝美味的同时,也不禁诧异于这名少年精湛的厨艺。

作为一名早熟的厨师,麦加利在厨房娴熟且充满自信的动作让

所有人感到震惊,连美食家及食客都对他印象深刻:"他是个艺术家,对调料的用量以及烹饪过程的掌控也非常精准。"

如此高的人气使麦加利不断收到邀约,在结束这场晚宴后,他又收到比弗利山庄"B1erBeisl(美国一个饭店)餐厅"的邀请,用十二道菜招待40个人。当然,要品尝到麦加利的美食,代价也不低,每人收费160美元,和一般的自助餐相比,这绝对是贵族消费了。

当然,麦加利绝对不只是四处打游击战,除了经常去一流餐馆担任特聘厨师外,他还有着专属于自己的店。每个月他都会选一天将自己的家变成一家名为"尤瑞卡"的餐馆,专门为慕名而来的顾客解馋。作为有个性的厨师,他信奉的是不走寻常路,菜单上只展示18道菜,鳟鱼炖韭菜、茴香焦糖杏仁……其他的菜一律有权拒绝。每月到了这天,麦加利的妈妈则变身餐厅经理,负责协调服务人员,同时还是洗碗工——尽管她不热爱,但为了麦加利的爱好,她倒也乐在其中。

一般来说,靠谱的家长都能培养出靠谱的小孩儿,但靠谱的小孩儿背后不一定站着靠谱的父母。麦加利能够走上名厨之路,他妈妈在其中起到了不可或缺的作用——这位妈妈不喜欢做饭,即便偶尔为之也让麦加利难以下咽。久而久之,麦加利妈妈就没有了做菜的积极性,也使得麦加利的整个童年时代都充斥着一股肯德基和麦当劳的气味。直到有一天,他实在闲着无聊,自己走进厨房尝试着做了一顿饭,没想到,第一次做的饭竟然味道还不错,这让麦加利劲头十足,从此一发不可收。乐得自在的妈妈赶紧为他买了不少烹饪书,同时为他下载了一些网络上的食谱。

麦加利拿到厨具的那一刻,宛如遇见初恋般激动不已,"我只是感觉爱上了它"。于是麦加利将自己的卧室改造成了一间功能齐全的厨房,里面厨具应有尽有,锅碗瓢盆,还有专业的不锈钢工作台。

　　有梦想的人都有自己的信仰,麦加利心中的"圣地"是位于芝加哥、被媒体评为"美国最好餐馆"的艾琳娜餐厅。2013年暑假,麦加利打算前往那里跟随美国家喻户晓的大厨格兰特·阿卡兹实习,他也希望日后自己能够在这家米其林三星餐厅担任大厨。当然,阿卡兹大厨对麦加利也给予了超高评价:"他是个天才,对烹饪具有超出一般的热情。"

　　不过热情本身很廉价,人人身上都有,却没几个人从吃货华丽地转身成厨师,毕竟只有附着在行动上面,热情才能变成通往成功的催化剂。比起那些爱吃却只能等别人做了再去吃的大人们,很显然,13岁的麦加利更懂得这个道理。

吴雪晴：我用味蕾掘金

◇阿丽

人生就是这么奇妙，吴雪晴只因有了常人两倍味蕾的舌头，生活中竟比别人多了一扇精彩的窗！

凭超人味觉当上"食品品尝师"

今年29岁的吴雪晴，2006年从国内一所农校毕业后，又来到巴黎某学院读食品工程专业。

直到大三那会儿，她才注意到自己对不同的味道特别敏感。

2009年大学毕业后，吴雪晴看到巴黎一家食品公司招聘"食品品尝师"的广告后，颇感兴趣。

当时有200多名"超级味蕾"应聘，竞争异常激烈。轮到吴雪晴上场时，她拿起一根自己最喜欢的棒棒糖，用鼻子闻了闻，再将棒棒糖送到了嘴中。当她将该产品的味感和配方一一道来的时候，所有的评委都颇感惊讶。就这样，凭着与生俱来的超人味觉，吴雪晴被公司当场拍板录用。

绝不是简单的"吃货"

这家企业有着100多年的历史，生产糖果、点心、罐头、奶粉等上百种产品，公司拥有自己的专业品尝师队伍。

吴雪晴说，公司虽然投入巨资增添了各式各样的检测设备，但有些指标却是仪器检测不出来的，这就是香肠及罐头的滋味、口感等。

此后，如果哪一批产品的味道和"定味"的产品不一样，吴雪晴就能轻易辨别出来。

为了让自己的感官发挥最大作用，在乘地铁上班前，她一定要刷牙5~10分钟，上车后，不管周围环境多么喧闹，她都不为所动，闭目养神。这样，到公司后，小吴精神抖擞，吃点儿水果喝点儿茶，就全神贯注地品罐头了。而在品罐头的过程中，她不时要喝口温开水，保持口腔清净。

为"超级舌头"买千万保险

2010年8月的一天，公司里一位比利时籍资深配料师忽然"跳槽"走了，要命的是，他还带走了自己研制的一种美式香肠的配方。这种名叫"野猪腿"的产品一直销往美国和加拿大，颇受两国消费者的喜爱，如今突然没了配方，如何再生产原汁原味的"野猪腿"呢？老板一时慌了神。没想到，后来经过公司会议决定，破解配方的重任竟落在了吴雪晴身上。接受这项艰巨任务后，吴雪晴一刻也不敢懈怠，经过反复品尝对比后，她不断修改配方，在短短一个月内使两者之间的距离越缩越短，直至味道一模一样。

2012年，吴雪晴被调到奶粉部，负责公司婴幼儿奶粉的口味鉴定工作。在品尝新产品时，她常常把自己想象成一个6个月大的婴儿，以此为标准确定口味和配方。"成年人喜欢的味道，宝宝们可能望而生畏，因为他们调用的味蕾比大人要多得多，舌头上的，嘴巴根处的，还有脸颊里面的。对大人来说平淡无味的味道，对宝宝们来说却是超级重口味的。"所以，在这里当品尝师的难度，要远远大于做香肠、罐头之类的产品。当然，女孩的薪水也一下提高一大截。

为了保护嗅觉和味觉，吴雪晴尽量不去接触刺激性强的环境，也不能沾染烟酒乃至辛辣食物，否则虽然舌头畅快了，鼻黏膜可受不了。尤其吃刺激性的东西长期刺激味蕾，会使味觉退化。毕竟，小吴的年薪已超过100万元人民币，这一切靠的都是那个"超级好舌头"。

吴雪晴说，随着年龄的增长，人的味觉和嗅觉也会跟着退化。为了保护自己的"专业性"，2013年年初，作为"超级品尝师"的她特意为自己的舌头买了份保险，保额为120万欧元（相当于1000万元人民币）。对小吴来说，舌头可是自己职业生涯的命根子啊！

当"超级品尝师"，虽然让吴雪晴这个爱美女孩平时不能用任何护肤品和化妆品，只能素面朝天，也不能乱喝饮料，但工作之余，能品尝出每种食品浓郁的味道，对她来说也是一件很开心的事。吃对小吴来说变成了一个丰富多彩的体验，人生就这么奇妙，吴雪晴只因有了常人两倍味蕾的舌头，生活中竟比别人多了一扇精彩的窗！

极品吃货秘籍

◇阿卡纳

　　白开水要刚好烫嘴的温度，但是不会真的烫到人，可微微感受到滚过嗓子的温度。最好是用力喝到满口，让烫嘴的开水轻轻烫到整个口腔。

　　玻璃瓶装的可乐冻到正好出现柔柔软软冰粒的时刻。上上下下都悬浮着那种冰粒，不管大口还是小口都可以吃到它。真是梦幻可乐。

　　薯条，刚出锅，热热的，外表脆脆的，还有一点儿明显的细盐在外面，里面是软的，最好是拿硬而热的薯条刮甜筒冰淇淋吃。一截一截咬下去，每一口都吃到盐，脆热的外皮，烫嘴的柔嫩土豆肉，还有又甜又凉又奶的冰淇淋。这样就可以冷热甜咸硬软一口吃到。

　　鸭脖子用手撕着一条条吃是最好吃的。吃完可以撕的肉以后，再把骨头一截截分开，仔细吃缝里面的肉，啃到只剩白骨，最后一

口吃下白骨上的软骨,才最美。吃鸭脖子应该持续地吃下去,以免要洗手擦手,由于麻烦而扫兴。

橘子不要剥皮,横着切,然后一瓣一瓣捞出来吃,好像会更甜。而且因为横着切,橘子的横剖面娇艳欲滴,散发着水果清香,色香味里面,就多了色香两层,会变得更美妙。而且剥橘子皮时溅满手橘子皮的汁很麻烦,这样吃就不会了。

橘子还可以一瓣一瓣分开放在桌子上晾干,如果有暖气的话放在暖气片上更有趣。橘子瓣的皮就变脆了,橘子的水分也略少了一点儿,把它剥掉,翻开,只吃肉,更甜,又很好玩。

热馒头应该撕开夹红烧肉和油条。但只是把红烧肉和油条整个放进去是不够的。应该把它们分别剪成丁,然后把馒头分成至少三层,很整齐地摆进去。这样当你一口咬下去时,才不会因为肉或者油条一下没咬断而扫兴。

坐火车可以吃锡纸包好的烤猪蹄,还要有刀叉。但是在阴暗的充斥着康师傅味道的车厢里,打开一只飘香万里的猪蹄,可能会有危险。

麦辣鸡翅啃完了以后,用手指头把掉到盒子里的渣渣粘起来吃掉,是很感人的。在古时候,那可能是人类对麦辣鸡翅表示感谢的仪式。

西瓜就不一样,最好吃的吃法是把籽剔得差不多,然后一大口咬下去,用舌头把整口西瓜压扁。很多西瓜汁一起冒出来,叫人眉开眼笑。吃西瓜的人最好是儿童,光穿着背心,整个头都扎到西瓜里去。满胳膊都是西瓜汁,胸口也有,连腿上也有的样子。作为儿童像那样吃西瓜,夏天的景象就非常完美。对吃西瓜的夏天来说是令人感到头痛的事。但不管怎么样,有许多人把夏天吃到第一口西瓜的日子当成普通的日子一样对待,叫人黯然神伤。那可是夏天正式开启的重要日子,否则它和其他的季节比起来有什么特别的呢?

很多东西用手吃都比用筷子夹好吃。

很多东西小口吃都比大口吃好吃。我觉得和食物相处的时候,最重要的事情就是要理直气壮。不要因为内向而无法好好地品尝,也不要因为其他人都吃得很快就心慌,更不要因为旁边的人大声吧唧嘴而就此放弃。我们虽然吃得慢,但是也并没有做错什么,人多的情况下应该尽量地鼓起勇气。但最好还是能独自进食。

面王

◇崔丙军

宋朝皇帝赵匡胤的御膳房里,有一个专门做面条的师傅,名叫王保久。

这年腊月,王保久经皇上恩准回乡省亲。回乡途中,他坐着八抬大轿路过一个小镇,从轿帘里看到当街有一家面馆,门脸儿不算大,只是门口的那块招牌却十分醒目,上书两个烫金大字:面王。王保久心想:我身为御面师都没有称王,你小小一个荒村野店,居然敢挂这样的招牌?于是他喝令停轿,带着一帮随从大摇大摆地走进面馆,想给他们点儿厉害瞧瞧。

王保久唤过伙计,说:"给我来一碗龙须汤面,再来一碗羊肉烩面,每根面条粗细、厚薄都要均匀,否则,看我不摘了你们面王的牌子!"不一会儿,伙计就将面条端了上来。王保久拿起筷子在面碗里搅了一下,将筷子朝桌上一扔,对伙计喝道:"把你们大厨给我叫来!"伙计不敢怠慢,忙去后堂把大厨请了出来。

大厨是一位眉清目秀的年轻人，王保久撇着嘴冷笑一声："就做这样的面，也配称面王？"他大手一挥，朝他的那帮随从一招手："去把那牌子给我摘下来砸了！"

随从应声奔出门去。年轻人一看，急忙劝阻说："客官请息怒，这块招牌是镇上的乡民送给家父的，已经挂了几十年了，'面王'二字本是玩笑话，客官还是不要当真的好。"

王保久一听满面怒容："既然牌子是送给你父亲的，那好，你去把他叫来，我要跟他比试比试。他要赢了，我不但不砸你们牌子，还要敲锣打鼓给你们换一块纯金招牌，可若要比输了，哼，那就别怪我不客气！"年轻人见王保久不像是开玩笑，于是急忙点头说："客官请稍等，我这就去请家父来。"

不一会儿，年轻人就搀着一位满脸皱纹的老丈从门外走进来。

"唉！"老丈叹了口气，"我还能比什么呢？早年终日拉面，两条胳膊早已积劳成疾，自从把面馆交给小儿后，我就再没动过面板啦！"

老丈说到这里，想了想，说："我这双手虽然不中用了，但是幸好还有一双脚，若是开门做生意，用脚拉面那是对客人的不敬，不过只是比试的话，倒也无妨吧？"

王保久走到后堂灶房，和老丈比试起来。比什么？做"裤带面"。裤带面的特点是面薄而韧，入口筋道，嚼起来有劲儿。做这种面，讲究的手法是揉、擀、抻、拉，反复加工，直到将一块面团抻拉得薄如锦缎，状如裤带，弹性十足，然后将它切成细条下入沸水，暴煮三滚，浇上调好的汤汁，才算大功告成。

王保久自然不用多说，本来就是行家里手。单说那老丈，只见他不慌不忙地坐上板凳，脱去鞋子，让伙计挽起裤管，洗净双脚，然后就在脚上撒了一层薄薄的面粉，从面盆里夹起一块面团，双脚在面板上一沾，飞快地揉搓起来，时而双足并踩，时而虎步拉抻，一块面团转眼间就被他的双脚拉成了裤带形状的面条。

这些随从盯着王保久喝彩鼓掌，还骂老丈说："这个老不死的，居然敢跟我们御面师争高下，也太不要脸了！"

那老丈本来气定神闲专心擀面，可一听"御面师"三个字，脸色不由微微一变，一紧张，一张面皮被抻成了两段。老丈停下脚，让自己稳稳神，想了想，弯下腰将抻坏的面皮往旁边一放，从盆里又揪下一块面团来，重新开始做。

不一会儿工夫，他们两个人的面都做好了，煮出锅一比较，老丈做的虽厚薄均匀，但与王保久的相比，却失之筋道，入口虽滑溜，却少了几分嚼头。老丈满面戚容，摇头叹息："小老儿今天算是遇到高人了，这块招牌小老儿自己摘了它。"

王保久得意地穿起外衣，系上腰带，亲眼看着老丈的儿子摘下招牌，这才钻进轿子，启程上路。可是走出不远，他忽然惊出一身冷汗："天哪，真是活见鬼了。"原来此刻，他发现自己原先系在外衣上的腰带，此刻竟挂在轿帘一侧，随着轿子起落在他眼前一晃一晃，而系在他外衣上的，却是老丈先前做坏了的那半条裤带面。

王保久明白了，刚才比试时，一定是老丈听到那帮人喊自己御面师，为了给自己留面子而故意输给自己的。

王保久忙命随从掉头回去，可是当他们冲进面馆时，已是人去楼空，只有空荡荡的墙壁上还留着四句似诗非诗的顺口溜：半碗面条半碗汤，半条裤带惹祸殃；做面本是为糊口，何必非要争面王？

神户牛肉

◇蔡澜

很少有餐厅能留给我那么深的印象,这次在神户去的这一家,可以说是一生当中所去的天下最好的十家之一。

在一座大厦三楼,连招牌也懒得挂,推开门,是间近一百平方米的食肆。

主厨也是老板,经友人介绍,笑嘻嘻地叫我在柜台前坐下。他先拿出的一个巨盘,足足有十人餐桌的旋转板那么大,识货之人即刻看出是御前烧的古董陶器,价值不菲。

吃牛肉之前,先来点儿小菜,他拿了一块金枪鱼,切下肚腩最肥的那一小片,浪费地这儿一刀那儿一刀,只取中间部分给我吃一口。目前的金枪鱼都由外国进口,像这种日本海抓到的近乎绝种,吃下去,味道是不同的。

看主人的样子,瘦瘦小小的,比实际年龄小,也应有四十多岁了,玩世不恭,但做起菜来很用心,有他严肃的一面。

材料也不一定采自日本,他拿出伊朗鱼子酱,不吝啬地倒在大碟里。我正要吃,他叫我等一等,拿出一大条生牛舌切成薄片:"试试看用牛舌刺身来包鱼子酱。"

果然,错综复杂中透出香甜。想不到有此种搭配。

"我吃过的牛舌,还是澳大利亚的最便宜最好。"我说。

"一点儿也不错。"他高兴得跳起来,"我用的就是澳大利亚牛舌。神户牛肉不错,但是日本牛舌又差劲又贵,为了找最好的澳大利亚牛舌,我去澳大利亚住了三个多月,还差点儿娶了个农场主的女儿呢。澳大利亚的东西不比深圳贵。"

口吻像对什么地方的行情都很熟悉。澳大利亚的东西虽然便宜,但花的时间呢?这一餐,吃下来到底要多少钱?我不客气地直接问他。

"以人头计,吃多少,都是两万日元,合一千三百港币。我也做过顾客,最不喜欢付贵账时吓得一跳。事先讲明,你情我愿,才舒服。"他大方地回答,"来店里的熟客都知道这个价钱。"

压轴的牛肉终于烤出来,也不问你要几成熟,总之他自己认为完美就上桌。一口咬下,甜汁流出,肉质融化,没有文字足够形容它的美味。

已经饱得不能动,他还建议我吃一小碗饭:"我们用的米,是有机的。"

"到处都是有机植物,有什么稀奇?"我问。

"不下农药,微生物腐蚀米的表皮,味道还是没那么好,我研究出一个不生虫的办法,把稻米隔开来种得稀松,自己农场地方大,不必贪心地种得密密麻麻,风一吹,什么虫都吹走,这才是真正的有机植物。"他解释。

"你那么不惜工本去追求完美,迟早倾家荡产。"我笑着骂他。

"咦,你说错了,我有我的办法,我的老婆另外开了一家大众化的烧烤牛肉店,我当然骗她说我的店没有亏本,她也不敢来查,天下太平。"他说,"走,我们吃完去神户最好的酒吧,叫蔷薇蔷薇,美女都集中在那里,我请你再喝一杯。"

这时候,他的太太走进店里,是一位看起来比他老很多的女士,身材肥胖。

我向他说:"走,我们喝酒去。"

他笑着说:"借用《北非谍影》中的最后一句对白:'我相信这是一段美丽的友谊的开始。'"

粉干老太

◇周华诚

在我们这个小县城,粉干老太是位名人。很多人不知道县委书记是谁,但是不能不知道粉干老太是谁。"老太婆",这是粉干老太给自己起的名号,也是夜宵爱好者们的接头暗号,更是小城炒粉干的著名商标。

在我们这个小城,粉干老太是牛人。深更半夜,染着黄头发的小年轻勾肩搭背来到粉干老太的夜宵摊,每人要了一碗粉干。有初来乍到者不熟悉情况,吃得满头满脸辣出大汗,不由自主叫了一声:"好辣!"

这句话飘进了老太婆耳中,老太婆立刻就发飙了:"什么?嫌辣?不吃辣你来我这里干什么啊?你还不知道我这里是辣出名的啊。没有辣椒我不会烧的,你快走快走,别妨碍我做生意!"

对,粉干老太喜欢骂人,这颇有一点儿香港电影里的无厘头精神。管你什么人,到她这里吃粉干,总能讨到几句骂。有些时候有人等得不耐烦就催,老太婆回一句:"多快啊?生的要吃吗?自己来抓!"碗里没有吃干净,她也要骂人:"怎么?不好吃啊?"不敢说太辣、不好吃,只好把缘由归结到自己身上:"老太婆,不好意思,我刚喝了很多酒,肚子不太饿。"可这也不行,"什么?不饿?不饿你来我这里干什么啊?要是别人看你剩了这么多,以为我的粉干不好吃呢。以后肚子不饿就别来!"

老太婆若干年前从乡下出来,靠一个路边摊起家烧粉干,顾客越来越多,卖得也比别家贵,倒不是因她会骂人,而是真材实料,确实好吃。然而骂人却愈演愈烈,去吃粉干者早已习惯,都不以为意,然而生客过来,被骂哭过的也不乏其人。

有一回,一个女孩子去吃粉干,开口让老太婆多加几个肉丝。老太婆再次爆发:"你到我这里来是吃粉干,不是吃肉!一个女孩子家,吃那么多肉干吗,吃得肥嘟嘟的有什么好看!"那女孩当时眼泪就出来了。

还有一回,几个中年男子在桌旁吃着粉干,老太婆照样骂骂咧咧,一中年男子火了,拍了筷子,把十块钱扔在桌上走了,那粉干才吃了两口。老太婆若无其事地过来,收钱,收碗,嘟哝着:"不想吃以后就别来吃了,以为你有钱就能这么浪费……"

小地方的好处,就是卧虎藏龙,可以容忍一两个传奇人物的存在。后来发展到,好多人慕名去老太婆那里吃粉干,主要是为了听听她骂人,说这比看无趣的电视剧好玩多了。事已至此,吃粉干就吃成了一桩娱乐事件。

终于有一回,老太婆被人拧断了胳膊。住进医院时,县城电视台的记者来采访,打着石膏的老太婆忍着痛,说了一句名言:"做人难,做名人难,做名女人更难!"这话,她是有资格说的吧,反

正让小城观众好好娱乐了一把。老太婆有胆结石,本来一直忙于炒粉干没时间开刀,这回顺便让医生摘了,一起算在那人医药费中,听说那个人也赔得无怨无悔。

寿司之神

◇燕子坞主人

花2500元吃15分钟的快餐,这样的餐馆是不是太坑爹了?还要告诉你的是,这家餐馆只有10个座位,躲在一座办公楼的地下室,连厕所都没有,却必须至少提前一个月预约……更要命的是,你要为这样一顿饭,飞到日本东京!但《米其林指南》郑重地告诉你:你一生值得为这顿饭特别安排一趟旅行。

和其他米其林三星级餐厅相比,电影《寿司之神》中小野二郎的"数寄屋桥次郎"寿司店是那样不起眼。在非用餐时间里,小店门可罗雀。寂静的地下室过道里,你会看到一个叫中泽的小胖子在专注地烤着做寿司卷的紫菜,单调的声音在过道里寂寞地回响。但为了有资格做这件差事,中泽花费了十多年的光阴:首先要学会为客人拧毛巾,毛巾很烫,一开始会烫伤手,但没学会拧毛巾,就不可能碰鱼;然后,要学会用刀和料理鱼;再十年之后,才可以学煎蛋。当中泽历经200多次失败做出了第一个合格品,那天,师父小

野二郎终于称他为"职人"。

职人,在日语中是手艺人的意思。一个弟子被师父以"职人"相称,是登堂入室的认可。传统的日本职人往往一生只从事一职,也就是所谓的"一生悬命"。一生把命都悬在一项职业上,这是怎样的境界?用小野二郎的话说:"一旦你决定好职业,你必须全身心投入工作,你必须爱你的工作,千万不要有怨言,你必须穷尽一生磨炼技能。"他今年86岁,是全球最年长的米其林三星大厨。他做寿司76年,每年只休息一天,至今依然没有退休的打算。不做寿司时,他总是戴着手套,以保护他那双神一样的手,所以尽管他的面容已被岁月风化,而那双手依然像年轻人一般充满活力。但即便在镜头下,他捏寿司的手法也没有任何华丽的痕迹,就算那一握凝聚了七十年的功力,也不可能是美味的全部秘密。他说:"事实上寿司交到我手上时,已经完成了九成五。"

那"九成五"里,包含着弟子们十年练就的精彩,但更多的美妙,早在最初的食材里就已萌芽。在东京筑地市场——这座世界最大的鱼市,一天只会有3公斤的野生虾,但最资深的虾贩一旦发现这样的好食材,心里马上就会想:这个适合二郎。最专业的鲔鱼供应商,会为二郎找到当天市场上最好的一尾鲔鱼。而最懂米的米贩,宁可拒绝东京君悦酒店的订单,因为"有些米只有二郎的学徒会煮"。他们坦然地说"做生意不是看钱",坦然得像风和日丽的东京湾,因为能得到"寿司之神"的信任,已是他们"一生悬命"的职人追求。

"寿司之神"的身后,其实有各路诸神的助力。日本职人喜欢用"神"来尊称行业中的王者,或许是他们把自己的职业视为"神业"的缘故吧——尤其是家传的祖业,更是先祖神灵的托付,于是职场即"神棚","人在做,神在看"。某个国家的中央银行曾对世界41个国家的老铺企业做过统计,发现有两百年以上经营历史的共5586家,其中日本就占了3146家,而百年以上的老铺企业更是在10万家以上。相信每一家老铺,都有着一个神一般的故事;10万个神,构成了神奇的日本文化。

电影没有过多聚焦于美食,而是把镜头对准了那些神一样的人们。哦,对了,扛镜头的就是本片的导演,另一名剧组成员负责剪辑。他们俩是美国电影学院的学生,完全不懂日语,至于200个小时的影像素材是怎么剪成80分钟电影的,那恐怕是另一个神一般的故事吧。

秀色可餐

◇春晓

一位在中餐馆厨房干了许多年的大师傅说:"掌熟食案,刀工利落、切得漂亮还不够,还需排列得好,上碟时整整齐齐,有棱有角,旁边加点儿小花饰。卖相好,看着顺眼还在其次,更重要的是,吃起来味道特别好。"

我听了颇不以为然。暗想,人说"肉烂在锅里"。"好看"岂和"好吃"等同?可是后来我弄了一只白切鸡,切块后分两盘,一盘码放讲究,另一盘横七竖八。前者果然好吃一些。可见,人的视觉和味觉相通,心理上的愉悦为胃口上的快感加了码。两盘白切鸡代表了两种生活态度:前者蕴含着"生活的艺术",后者却草率、匆忙,远远谈不上质量。

生活是以时空为经纬,所编织的一连串"过程"。活得艺术的人,他的时间,是一个古典的苏州园林,大的人生布局非常美妙;局部看,曲径回廊,小桥流水,嘉木繁花,一瓦一石,也经营得从容而玲珑。不怎么"艺术"的生活，是生手所拉的二胡曲调，弓弦起落，一片喑哑突兀的噪声。

当然，活得再优雅，也得老去，死掉。其间的区别只在，生活的艺术，使得人生丰足，一如汁液丰盈的果实。从前的中国人太穷困，加上世道难得安静，过日子的精义在"熬"："二十年媳妇熬成婆"般，熬出个"无差别境界"。

时光分配给人的寿命，一如烹调的材料。彼时是马虎对付，一锅烩，滋味来不及辨出，岁月已化为乌有。如今呢，讲究气氛、情调和内容。这等经营格局当然小，唯其小，才有精细和优雅。韵味和意境，日子一旦生出趣味，单调枯燥便遁形了。

所以，我赞美闲庭里的兰花，盆里干湿得宜的泥土。我赞美酸枝八仙桌上，那把积满茶垢的宜兴红泥小壶。我赞美轩窗下的绣花绷子，阳台前的麻将，湖畔的钓竿，书斋里面墨气氤氲的书法新作。我赞美葡萄架下的凉席，仲夏夜斜放在榻下的葵扇，扇面上用烙铁画的山水。

温度决定味道

◇杜式菊

01

因为公司业务关系，我曾在日本工作过一段时间，发现日本料理之所以拥趸者甚众，除了跟厨师一丝不苟的态度有关，还与温度有关。

一次航班误点，到东京时已是午夜。天寒地冻，我忙找了一家餐馆，让老板下碗热面来吃。老板将一人份的拉面放入开水中煮熟后，用漏勺捞起来，热气蒸腾的拉面随即被浸入边上一个装着冰水的锅里。

大碗里搁进碧绿的西蓝花、两枚大虾、两片烤肉、一撮芫荽垫底后，已在冰水中泡得透心凉的面条被放入碗中，再注满滚烫的大骨汤，最后再撒上一点儿葱花、蒜瓣后，被端到了我面前。

老实说，这不是一碗我想要的热拉面，顶多算温热。沸腾的大骨汤因为加了冰过的面，高温被降低了一大截，汤是那种可以小口啜吸但不可大口吞咽的温度。而面借了汤的热度，达到一种可以大口咀嚼却没有凉意的温度。一口面一口汤，虽然没有我期待的吃得大汗淋漓的快感，却也不乏一股恰到好处的从脚底慢慢渗出的温暖。

许久之后我才知道，日本拉面，永远不会有滚烫的感觉。因为日本的拉面师傅都觉得面条保持37℃左右，跟人体皮肤温度一致才是最佳入口温度，这样的拉面有个称呼——"人肌"。

据说，在日本排名前十的拉面店，都能将"人肌"把握到上下不超过1℃。

02

随后去印度散心时，我发现这也是个对食物温度大有讲究的国家。尽管没有日本那么吹毛求疵，但印度美食恰好入手的温度习惯，也不是一朝一夕能够学会的。

绝大多数印度人进食时依然保持着用手的习惯，所以不管主食还是配菜，都必须保持在45℃，这个温度能给手一种温暖却不烫不凉的感觉。

据说古印度的特权阶层婆罗门进餐前，必须有专门负责掌控食物温度的人，先用指尖触碰一下食物，确认温度恰好入手时才转呈上来。

直到如今，婆罗门的后裔们在举办婚礼时，依然只能聘请具有同样贵族身份的厨师来料理婚宴。

而在厨师团队中，每道菜端上桌之前，依然会有一个人专门负

责用指尖测试温度——他们不相信温度计,只相信自己的手指。

　　这正好应了那句话:烹饪时,态度决定成败;食用时,温度决定味道。

两千元一碗牛肉面

◇冯仑

我在台湾吃过几十种牛肉面,但是最有意思,最有话题性的,要数"牛爸爸牛肉面"。

我是听带我的一个导游讲,说这家牛肉面特别贵,贵到什么程度?一碗牛肉面要卖大概10 000新台币(合人民币2000多元)。我觉得有点儿离谱,一碗牛肉面能卖这么贵?出于好奇,这次决定陪朋友去看看。

这家店位于忠孝东路,距今已经有25年历史,面馆不大,经营面积也就100多平方米,除了两张桌子较大以外,几乎都是四人台。地面很干净,四壁也很干净,墙上挂满了各种剪报,当然都是报道面馆的,其中还提到面馆在某年获台北牛肉面大赛第一名的报道。

据说,老板王聪源曾经问光临本店的那些VIP(贵宾)食客——其中有台湾本地的名人,有米其林三星餐厅的大厨,还有世界各地的政治领袖：你们愿意为本店最好的牛肉面掏多少钱？最普遍的回答是：10 000新台币（324美元）一碗。

如今，许多美食迷都已经知道，这家只有40个座位的小餐馆供应着世界上最昂贵的牛肉面。牛爸爸餐馆还有一种比较便宜的牛肉面，菜单上的名称是"普通牛肉面"，价钱比较容易承受，只要200新台币一碗。不过，几乎每一天，都会有客人问王先生要那种最昂贵的牛肉面。

这位大厨花了15年时间来改进牛肉面的配方，其中包括120克面条、5块4英寸见方的牛肉和一块牛筋，当然，还包括一碗汤。

牛爸爸的一碗面比一顿六道菜的正餐还要贵，原因何在？据说他家的牛肉来自四个国家：日本、澳大利亚、美国和巴西（巴西提供的是牛筋）。主厨会把每一块牛肉都切成与牛肉牛筋连接方式最吻合的特定形状。举例来说，日本牛肉切之前要稍微冻一下，以便切出比较整齐的形状；澳大利亚牛肉则要先炖好，再从骨头上剔下来。

牛爸爸的定位也经过了几个时期。最初只有夫妇两人，几张桌子，凭着一份执着，做出味道不比别人差，价格比别人稍微便宜的牛肉面。结果宾客盈门，桌子越加越多。这样到了第五、第六年的时候老板开始茫然了，一天到晚在忙，店内总是人声鼎沸，几乎没有自己的时间，难道就这样做下去吗？于是老板开始琢磨如何改变，最后他决定做世界上最好的牛肉面。从牛肉的选择，到烹制手法，再到烹制的餐具，一切都在不停地改进。在此过程中，牛爸爸又发现，如果做最好的牛肉面，成本会提高，因此不能服务于大量的食客，只能服务少部分的人。在牛肉面馆做到第15年的时候，牛爸爸推出了价格从1000新台币到10 000新台币一碗的牛肉面，每天服务的顾客数量减少到30～100人，面馆却声名远扬，不断有人慕名而来。未来，老板希望能将牛爸爸做成百年老店，将牛肉面事业传给儿子。现在，老板的儿子正在大学读食品专业。除了进一步在食品品质上提升外，老板现在开始做CRM（客户关系管理）。由于客人少，可以有充足的时间记录客人的喜好与脾气，希望当客人下次光顾的时候能最快地提供他喜欢的口味。

吃着牛爸爸家的面，我在思索，可能正是它独特的定位，并且长期坚持下去，才会形成今天的广告效应，同时促生了经济效益。我在吃面的时候，进来了三个浙江人，他们点了一碗普通牛肉面和一碗最贵的牛肉面，我问他们为什么来吃，他们说，就想知道到底贵在哪儿。正是这种独特性的差异，吸引了很多人来验证这件事情，这10 000新台币到底花得值不值？

台湾的牛肉面是一种很独特的饮食文化，也充满很多商业玄妙和管理门道。看似简单，但它们的竞争之激烈，要超出其他的餐饮种类。所以它们在定位、营销，包括配料上的选择，以及汤头的独家研究上都花了非常多的心思。就像牛爸爸这个案例，它很彰显自己的个性，生意不算大，但是追求的确牛，踏踏实实在这个领域把味道和营销做到极致。

再焖5分钟

◇海梦

　　这是一家闻名遐迩的饭店，饭店有一道菜很有名。

　　这道菜其实是很普通的清蒸鳜鱼。鲜活的鳜鱼，配以料酒、酱油、盐、味精、醋、姜末，再撒一些青菜，然后以文火蒸。料是普通的料，谁都买得到，做法也很普通，跟其他饭店没什么区别。

　　不同的是，当清蒸鳜鱼蒸好端上饭桌后，服务员会告诉客人："还要再焖5分钟才能吃。"这已经成了吃这道菜的规矩。5分钟后，掀开盖子，清蒸鳜鱼香气四溢，白嫩、新鲜、顺滑的鱼肉入口之后，无比清香甜美。客人莫不争相夹食。

　　其实清蒸鳜鱼端上来时就已经蒸好了。再焖5分钟是这道菜的秘密，5分钟期间，鳜鱼的香味不断弥漫开。闻着香味，客人口水直流，食欲被激起，胃口大开。5分钟后，带着强烈食欲的客人吃起鳜鱼，当然比鳜鱼一上来就开口大嚼感觉更鲜更美，回味更无穷。

　　急功近利不可取，焖一下，你会有意想不到的惊喜。

第六章
何人问我粥可温

京城名校饭堂那些事

◇沈佳音

当人们回忆起大学时光时,总会有很多故事与吃相关。每个学校食堂总还有那么几样让人惦记的美食,那么多口口相传的传说,以及那些呼朋引伴的青春记忆。

"科学控"对上"馒头神"

一则关于清华大学食堂的故事流传甚广。清华两个女生吃饭,一位对另一位说:"我还没吃饱,想再吃一点儿。"另一位说:"你要什么?我去买。"前一位女生说:"就是那种扇形锐角饼,你帮我再买两块儿。"

这个段子有几分可信,要在2020年达到世界一流大学的清华,其学生的"科学控"精神经常体现在吃饭上。一名清华学生曾在学校后勤网上投诉食堂给的米饭太少,他是这么说的:"做了个实验,用3两米煮成了11两饭,去掉不精确的因素,算1两米煮成3两饭,应该是150克,远大于食堂的标准90克。"还有一名学生投诉饭菜里有异物,她写道:"今天中午在十食堂五号窗口小炒中竟然出现一只长约1厘米,最大宽度约6毫米的类似蟑螂的虫子,呈乳色状,身体部分残缺。"

清华食堂曾有过一个英语卖饭的窗口。那个师傅叫张立勇,人称"馒头神"。有一次,两个学生在卖饭窗口前讨论,英语单词中有面包,怎么没注意有"馒头"呢?"有,是steamed bun。"张立勇接过话茬。

2004年,初中毕业的他托福考了630的高分,令很多人佩服:"少林有'扫地僧',咱们清华有'馒头神',都惊世骇俗!"

万能的土豆

京城的大学食堂中最出名的是中央民族大学食堂。曾有"海淀四绝"之说,无论是"北大的园,清华的汉,北外的妞,民大的饭",还是"学在清华、玩在北大、爱在人大、吃在民大",总之不能漏掉"民大的饭"。

民大的食堂胜在品种多,一个风味食堂包揽全国各地各民族的特色佳肴。

每个学校都有那么几道广受追捧的菜,比如清华七食堂的小笼包、北京大学一食堂的冬菜包。

北京电影学院的食堂特别迷你,只有一座灰色两层小楼。那里的宫保鸡丁是一绝,量大味足。当然,很多人去北影不是为了美食,而是为了美女,可能隔壁桌坐的就是赵薇,或者周冬雨。这方面一直不太抬得起头的清华,现在也有自己的招牌,那就是"奶茶

妹"章泽天,这个以清纯形象在网上迅速走红的小姑娘放弃进入娱乐圈的机会而选择了清华。

京城高校中最出名的一道菜当数中国传媒大学的水煮鱼,很多海淀的同学都千里迢迢赶去品尝。"没吃过水煮鱼,就没来过中传。"从中传走出去的白岩松等名主持也对其念念不忘,常回来撮上一顿。

而土豆是学校食堂永不谢幕的主角,切块的、切丝的、片状的、长条的、切瓣的、捣成泥的。它也是万能的,在宫保鸡丁里配鸡丁,在水煮肉片里配肉片,在咖喱牛肉里配牛肉……难以想象,没有了土豆的学校食堂该怎么办。

价低只得限购

由于有国家补贴,学校食堂的价格确实一直比较低廉。北大食堂曾因亏损太多,而暂停销售鸡蛋炒饭。

2011年国庆,正在食堂吃早餐的北航学生范祺锋偶遇了温家宝总理。"一个鸡蛋、一个鸡蛋饼、一块腐乳共2元,鸡蛋好像5毛钱一个。再加上5个包子,一碗粥,一共花了4元钱。"范祺锋向总理汇报说。经媒体报道后,低廉的价格引发了诸多质疑和感慨:"北航的饭菜真便宜!""两个鸡蛋1块钱?在哪里买得到?我买生鸡蛋一个都得7毛钱了。"

次日,很多校外人员也来食堂排队吃早餐,买鸡蛋。随即,学校便贴出公告进行限购:"为了保证学生在早餐高峰期能够及时买到大众主食,自2011年10月10日起,加工时间较长的食品一次性购买数量调整如下:油条、油饼,3根(张);煮鸡蛋,2个;馒头、大饼,1斤;小笼包,1屉。"而中传早在2011年年初就已开始限购：每人每餐限购鸡蛋2个、馒头5个。

  北大、清华曾对校外就餐人员收取10%至20%的手续费，即便如此，依然难挡校外大军，于是学校停发临时餐卡，只允许使用学校的一卡通。所以，出了校门，学校食堂的价格再便宜，也都与你无关了。

西餐的灵魂

◇庄玲

"你看,吃西餐时脊背要挺起来。"我的法国朋友说。我看了看周围的法国人,确实是这样。在这样的餐馆,没有一个人弯腰低头伏在桌上吃东西。

那是我第一次在法国吃西餐。我自认为了解西餐礼仪,比如左手持叉、右手执刀之类,上来了一盘羹,我笃定地用右手拿起银汤匙,低下头开始喝汤。自我感觉还是挺斯文的,却没料到会有这么一番话。

"汤滴洒在桌上怎么办?"

"椅子往桌边靠,盘子往身边拉,即使滴下来也在自己的盘子里。"

难怪西餐要用分餐制。

怎么中国的老师在教餐桌礼仪这一部分时,只教餐具如何摆放、上菜的顺序等,就是没说起过吃西餐的姿态?也没说起过嘴里有食物时别张开嘴说话？也没说起过吃饭时别吧唧嘴……

　　法国朋友说，老派一点儿的法国人是不会将双肘搁在桌上用餐的。我试了一试双肘腾空在桌上吃东西，很难受。

　　这家餐馆在城市的郊区，开车驶进一条林荫小道，幽静得叫人不相信这里会有餐馆。但眼前豁然开朗：一个大草坪上有一座城堡！原来前面的小道已经是它的属地了。餐馆就在这城堡里。法国人对豪华的理解不是大理石玻璃墙面的现代建筑，而是有几百年历史的石头城堡，里面的装饰都说得出是历代哪位贵族的藏品，周边的树是曾祖母的年龄。后来在欧洲待的时间长了，才知道欧洲人的价值观大抵如此。

　　有一次我在巴黎参加一个去意大利的旅游团，游客中有一大部分是从中国报名过来拼团的。导游说到了罗马就应该吃一顿罗马大餐，否则白来了。好吧，全体中国游客都很爽快地说。当然，来就是为了吃正宗的意大利餐，怎能放过机会。于是一行三四十人鱼贯进入一家大餐厅，这家可以容纳上百人的餐厅把将近一半的桌面全部让给我们中国游客，另一半则是欧洲人。他们用惊奇的目光迎接这么多亚洲人的到来。

　　但是很快，局势发生了根本的转变。我们同胞旁若无人的谈话声，吆五喝六的气势，使人感到这家餐厅里只有中国人，没有其他人。那边的欧洲人更加安静了，占一半人数的他们感觉上只有三四个人，整个餐厅全是我们的。

　　最后一道冰激凌上来了，大家说快尝尝这有名的意大利冰激凌。但是冰激凌冻得太硬，放在雪白的盘子里勺子挖不动。于是所有的中国游客都用左手拿叉子按住冰激凌，右手拿起刀子在盘子里使劲地切这块硬家伙。冰块在盘子里滑来滑去，有一位游客的冰激凌箭一般地射出了盘子,他飞快地用手把它捞回到盘子里再切。刀子切到盘子上,发出清脆的声音,整个餐厅"叮叮当当",如同开打击乐音乐会。现在回想起来,当时的其他欧洲食客肯定更惊奇了——他们从来还没听过这样的音乐会呢。

这件事成了我心中的谜。回到法国,我问我的朋友:"为什么你们吃那么硬的冰激凌就没有声音?"

他说:"我们等。"

吃货的中国

◇流放者归来

我想说《我的团长我的团》是近年最好的小说,它在开头写溃兵的那一部分尤其精彩。印象最深的大概是这么一段,一帮兵痞突然决定要做一顿猪肉炖粉条——

那个东北人的表情在忽起的蒸汽升腾中变得柔和起来,他闭上眼,深呼吸,我忽然觉得被蒸汽濡湿了的那张脸属于一个想家的孩子。他睁开了眼,看着锅里,也用树枝翻腾着锅里,又变得怒气冲天,好像随时要打折了谁——然后他发表了一篇长篇诗作:

"这是猪肉炖粉条吗?猪肉炖粉条不是这样做的!好好一锅子全让你们关里人给祸祸啦!咋不放酱油呢?酱油招你们惹你们啦?你们跟白菜有仇啊?整这么大锅子白菜帮子?粉条啊!我的妈耶!没土豆粉也就得了,你那整捆子地瓜粉条全搁进去啦?你个土豆脑袋欠削啊?猪肉呢?猪肉跟酱油叫小日本抢光了?抢回来啊!天爷嗳,东北的猪肉炖粉条哪是这么做的?你们整这一锅子是粉条子白

菜汤啊!"

看这一段的时候我笑得前仰后合又感动不已。食物的记忆能让颠沛流离的人落地生根,行尸走肉有了魂,一帮烂人废物因此得了救赎。

莼鲈之思到底太风雅了。舌尖上的故国实在要粗粝得多。匈奴人退走漠北,哀叹"失我祁连山,使我牛羊不蕃息;失我焉支山,使我妇女无颜色",一食一色,草原民族看得最简单透彻。可是焉支山还有发菜,李渔尊为"河西物产第一",说"浸以滚水,拌以姜醋,其可口倍于藕丝、鹿角菜"。哀歌里没提,大概那时候匈奴人民还不大会吃这种东西。

这是汉族得势的时候,后来两宋积弱,北地拱手。陆游在《老学庵笔记》里记过这么一个故事:"故都李和炒栗,名闻四方。他人百计效之,终不可及。绍兴中,陈福公及钱上阁,出使虏庭,至燕山,忽有两人持炒栗各十裹来献,三节人亦人得一裹,自赞曰:'李和儿也。'挥涕而去。"一包栗子而引故国之思山河之恨,而至于悲慨挥泪,这个故事比"家祭无忘告乃翁"还催人泪下。

几年前跟一个祖籍广东的老华侨吃饭,老人家青年偕妻子出国,在美国开画廊,卖国画,算是有所成,老大归来,走路说话都在哆嗦。桌上端来一盘白斩鸡,满头白发,一直沉静不语的老太太忽然使劲拍老头儿的胳膊:"欸欸,走地鸡呀!"飞快地夹一块给老头儿,又自己夹一块,连筷子头一起吮在嘴里,闭眼,满脸都是笑,叹一口气:"好好味哦。"

那一瞬间满桌的年轻人互相看看,脸上都是很温柔的笑容,女孩子好像要哭。我承认我那会儿想起的是辣椒炒虾米、腌菜煨豆腐、毛栗子烧鸡。

意识形态或者利益立场千差万别，总归舌尖上的中国才是我们的、有灵魂的中国，只有在这个问题上，古今左右海峡两岸都有彻底达成共识的可能。

基于这一共识，我认为中国的领土神圣而不可分割，其中一些譬如沙县、成都、广州、沙湾、昭通、金华、桂林、德州更加神圣而不可分割。

没有猪肉炖粉条的东北不是东北，没有火腿的金华不是金华，没有龙井虾仁的杭州不是杭州。

谁不让我们踏踏实实地吃，就咬死他们。

舌尖上的小清新

◇胡成瑶

我一向是一个食不厌腻、脍不厌肥的人,一日不吃肉便觉得肠枯如藤,反正就是只爱重口味不爱小清新。在饮食上,我真是奉行蔡元培先生的主张:兼收并蓄。北方的羊杂汤,有人闻到就受不了,我爱吃;西安的羊肉泡馍,我超爱;螃蟹虾子,我的最爱。我曾经一口气吃了6只螃蟹,差点儿中毒身亡。

每次遇到好吃的,我就不顾性命一通猛吃,一直满到嗓子眼儿才罢休。5月去泰国,倒是纠正了我的一些饮食习惯。

泰国菜的分量都非常少,吃下去之后,隐隐觉出只有四成饱,怎么办怎么办?心里反复斗争,要不要再上一盘?看看周围精瘦的泰国人都吃得那么少,不好意思来个双份。带着些许遗憾,慢慢走出餐厅。岂料,过了一会儿,我又去另外一家店里吃了美味的沙拉,有六成饱了。走出去,满大街都是醇厚甘甜的水果,吃山竹,吃芒果……这一路下去,已经八九成饱了。没有一头犀牛横亘在肠胃之间,也没有吃了太多螃蟹之后的头晕恶心,只觉得一切都刚刚好。一切都刚刚好,真是人生新境界啊,人近中年,有什么比得上一切都刚刚好呢?太浓烈的情感,太饱太油腻的饭菜,太强的功利心,甚至负面一点儿的新闻,都已经不适合慢慢迈入中年的人了……

第一次吃冬阴功汤,嚼到香茅,香味浓郁,我慢慢地品尝,有一种似曾相识的感觉,慢慢地在回忆里搜寻,这是和家乡有关的味道。有一天走在清迈的街头,我突然狂喜地顿悟:它的味道和恩施的山胡椒非常相似!我要是再老一点儿去泰国,尝到香茅的那一瞬间,会不会所有的前尘往事都涌上心头,写出一部《追忆似水年华》?

那天晚上,在清迈街边的一家小店,点了一份饭,英文名是:Morning Glory(以我不太灵光的英语翻译成"朝颜",难道跟牵牛花有关?),就冲着名字好听,点了。上来一看,原来是空心菜,分量照例很少,配上泰国香喷喷的白米饭,非常可口。吃完后,点了一杯柠檬茶,好半天才端上来,一看,半杯都是草根,捣碎的草根。一杯柠檬茶,以我等人来看,柠檬茶多简单啊,丢几片干柠檬,开水一冲就完事了。看来他们捣草根就花了不少时间,还要挤柠檬,难怪这么长时间呢。喝上一口,我的天,浓郁得不得了,一座热带雨林都跑到口腔里来了。草根是香茅!如是加了好几次开水,仍然很香醇。

从曼谷到清迈,我们坐的是火车,比国内的绿皮子火车还古老的火车,火车上的服务员殷勤地过来把菜单递给我们,我们怀着听天由命的心态,勉强一人点了一份套餐。结果过了一会儿,服务员端着硕大的托盘过来,真是名副其实的套餐啊,小盘子小碗摆满了

餐桌，芒果米饭、迷你的冬阴功、咖喱鸡、切成片的菠萝。非常美味，我们吃掉了最后一粒米饭，喝完最后一口冬阴功汤，一切都刚刚好，刚刚好！

　　服务员把餐桌收拾之后，就来铺床了，床上用品都是封在密封袋里的，不新，但很干净。躺在床上，一会儿就进入了梦乡，梦中隐隐约约听到雨点打在火车的铁皮子上，又像回到了小时候，雨点打在瓦片上，屋里有滴滴答答漏雨的声音。早上醒来，我们已经在丛林里穿行了。没有护栏，没有围墙，伸手就可以够得着树叶，火车走得很慢很慢。钻出丛林，离铁轨半米远就是水田，太阳刚刚升起来。

　　我觉得很多年了，我的心灵和肠胃从未像此刻这样接近自然。

《金瓶梅》饮食谱

◇小宝

东吴弄珠客说:"读《金瓶梅》而生怜悯心者,菩萨也;生畏惧心者,君子也;生欢喜心者,小人也;生效法心者,乃禽兽耳。"弄珠客的概括不算完整,至少还能补充一条:"生饕餮心者,吃客也。"这里说的饕餮就是指爱吃,没有任何假借比喻的意思,只关乎食,无关乎色。

如果《金瓶梅》还能屹立当世,掩盖它文学古董的灰暗面目,仰仗的绝不会是它的色榜,而是它的菜单。《金瓶梅》是最逼真、最实在、最准确的中国餐饮小说,即便把近一百年来的现当代文学全算上,在中国也很难找到写餐饮超过《金瓶梅》的小说。《红楼梦》写美食独有一功,但《红楼梦》里的美食境界,常人消受不起。

《红楼梦》里的饮食格局,叫大户气概、小资情调。要享有大观园里的美食美器,要花大把银子,要花大把时间,要花大把心

思,否则你连一壶茶都喝不到。做一碗茄子,要用几十只鸡当辅料,恐怕连曹雪芹也只是想过,未必尝过。这是大户气概。贾府里的姐姐妹妹胃口都不大,对吃药(譬如冷香丸)的兴趣超过吃饭的兴趣。这是小资情调。

而《金瓶梅》里的各色人物,从西门庆到陈敬济,那才是懂吃懂喝的酒肉朋友,与我们眼下常见的国内各路饭局主人相仿。《金瓶梅》里的菜单,今天仍然基本能用。要置一席西门家宴,略做采办,便克奏全功。

我最喜欢的那一席,在第四十九回,西门庆请外国和尚(梵僧)吃饭,那张菜单真让人荡气回肠。先是四碟小菜:一碟头鱼,一碟糟鸡,一碟乌皮鸡,一碟舞鲈公。又拿上四样下饭菜来:一碟羊角葱参炒的核桃肉,一碟细饴切的酥样子肉,一碟肥肥的羊灌肠,一碟光溜溜的滑鳅。接着是一道汤:一个碗内两个肉圆子,夹着一条花肠滚子肉,名唤一龙戏二珠汤。再来一大盘高装肉包子。然后喝酒:"拿过团靶钩头鸡脖壶来,打开耀州精制的红泥头,一股一股冒出滋阴摔白酒来,倾在那倒垂莲蓬高脚钟内,递与梵僧,那梵僧接放口内,一吸而饮之。"下酒菜是:一碟一寸的骑马肠儿,一碟腌腊鹅脖子。还有两样下酒艳物:一碟子癞葡萄,一碟子流心红李子。最后,"又是一大碗鳝鱼面与菜卷儿,一齐拿上来与梵僧打散"。

兰陵笑笑生说,这餐饭把梵僧的眼都吃愣了。这份食单读起来虎虎生风、劲道十足,只能出自食量宏大、胃口奇好的吃客笔下。假如我是那位梵僧,藏有奇药,一定也会取出换来这场大嚼大饮,换来一个好胃口。

帝王的舌尖革命

◇老猫

古时帝王,最讲究的就是吃,山珍海味,钟鸣鼎食,极尽铺排之能事,自不必说。这里说的,是他们怪异的重口味。

吴王阖闾喜欢吃腌咸鱼。起因是他带兵渡海打越国,船上没粮了。正张皇的时候,无数金色大鱼游了过来,它们自投罗网,成了吴军的口粮,而且数目如此之多,直到吴军班师还没吃完。吴王回来问那些鱼还在吗,回答是都腌成了鱼干。于是吴王就大吃特吃起来,不觉咸,反觉美,还当场写下了一个字,上面是美,下面是鱼,这字后来演变成了"鲞",专指鱼干。

不少帝王酷爱腥膻。汉昭帝刘弗陵喜欢钓鱼,经常带领群臣在渭水垂钓。大夫任绪钓起了一条白蛟,长三丈,无鳞,龅牙。小刘想都没想就把这东西吃了,意犹未尽,再找人去钓,就钓不上来了。

找不到美味食材怎么办?这个问题在三国时期已经有技术能力解决了。有一天,吴主孙权和一个叫介象的术士聊天,说得兴起,介象在园子里种起了瓜菜百果,一种下去,就长大了,拿起来就能吃,把孙权看傻了。两人说到什么鱼生吃最好。介象就说,鲻鱼好吃。孙权说,鲻鱼是海里的,这里没有。介象又来劲了,让人在院里挖了一个坑,钓竿那么一晃悠,嘿,还真钓上来一条。当然,你要是看过现代魔术的话,不觉得这事新鲜,但孙权当时绝对被忽悠住了。

鲻鱼是啥呢?就是现在说的子鱼吧。

赤壁之战后,孙权在湖北摆庆功宴,厨子也端上一种鱼来。孙权不认识,问这是什么,那人答,这鱼唤作槎头鳊,汉水特产,肌肉鲜美。孙权一吃,味道果然不差。后来孙权的孙子孙皓非要把国都从建业迁到武昌,重要理由,就是武昌有槎头鳊。老百姓不乐意了,唱出了一首民谣:"宁饮建业水,不食武昌鱼,宁还建业死,不止武昌居。"对,槎头鳊就是现在的武昌鱼。

做皇帝也有混得惨的。宋朝的最后一位皇帝赵昺,一路被元军追杀,一直逃到福建,饿得五迷三道。当地人也没粮食,煮了些番薯叶子给他吃,没想到一吃,觉得还真不错,就赐了个名字叫"护国菜"。国最后也没护成,皇帝跳海了,但菜留了下来,那番薯叶子汤,现在已经煮得相当有品相了。

什么最好吃?这是皇帝们总在思考的问题。隋文帝为此特别写了一个告示,向广大臣民征求答案。有个要饭的叫詹鼠,把榜揭了。皇帝问他,你知道什么最好吃吗?

詹鼠只答了一个字:"饿。"

他带着皇帝满大街转悠,把皇帝饿得前胸贴后背。最后给皇帝一张葱油烙饼吃,皇帝吃美了,回来就给他封了个"詹王"。

的确,"饿"是最好吃的。

一饭之恩

◇梁文道

　　想起纪伯伦的名著《先知》，其中先知曾这样教导弟子："当你们宰杀一只畜禽时，你们应在心中对它说'现在屠宰你的力量也将屠宰我，我同样也会被吞食'，'因为把你送到我手中的那一规律也将把我送到更强者的手中'，'你的血和我的血都不过是滋养天国之树的汁液'。

　　"当你们用牙齿咀嚼一只苹果时，你们应在心中对它说'你的种子将在我的体内生存'，'你明日的花蕾将在我心中开放'；'你的芬芳融入我的气息'，'你我将带着喜悦共度每一个季节'。"

　　虽然纪伯伦是20世纪的人，但他却写出了最古老的道理，所有的食物都是生命。鸡鸭牛羊、稻米大麦，甚至酒，它们本来都是鲜活的，直到被我吸收转化。它们死了吗？你可以这么说。但是你也可以换个角度去看这条食物链的关系：它们其实没死，它们只是

成了我的一部分,而我活着,这一切食物、这一切生物,都在我的体内与我共同存活下去。直到有一天,尘归尘、土归土,我的肉身也将变成大地的一部分,变成其他生物的食物,其他微生物、植物与动物的生命养料。

名满天下的南海高僧一行禅师喜欢用橘子说法:吃一个橘子,你应该先闻一闻它表皮散发出来的气味,观赏它的色泽,然后才用手指剥开它,感受那溅射出来的细雨般的汁液。吃的时候,你也应当慢慢地吃,以对待最昂贵食物的方式对待一只普通的橘子,专注而集中,仔细品味由酸至甜之间那最微妙的变化。

几乎所有的文化、所有的宗教,都发现了食物的不简单,味道以外,它们首先是人类的生命来源;而生命,永远不只是物质而已。因此,所有的文化、所有的宗教都存在着某种饭前饭后的祈祷,这些祈祷一先一后地把整个进食过程框了起来,使它成为冥思的对象、修炼的过程、感恩的时候。于是,最能体现动物本能的进食行为变成了人类超脱的神圣转机。

趁你还吃得下一切的时候

◇张佳玮

吃东西有时机。咖喱刚熬时,香得狠辣,但搁过一晚后,味道变醇厚,甜辣交加,用来拌热米饭,好像香味睡着了,又醒过来了似的。芝麻爆香时最热,等略凉一点儿,撒菠菜,拌豆腐丝,抹一把在排骨面上,脆酥香好吃。但鸭子汤,熬完了须立刻吃:好鸭子汤油不会太重,上来烫,也凉得快。鸭子干吃怎么都好,汤一凉,就像久不往来的亲友,对坐悬望,说什么都尴尬,不如不说。

有的东西适合久藏。吃到一次好巧克力了,赶去买,藏抽屉里,等着有空时吃;朋友送了好酒来,藏柜子里,等着有喜事时喝。有些东西不一定久藏,就搁最后。我小时候,楼下有个邻居,夏天坐院子里,捧半个西瓜举勺吃,下勺径取西瓜边缘,从边上往中间吃。他说,这法子是个特别懂道理的伯伯教诲的:人这辈子,先苦后甜;先吃没味道的,越吃越有味道,到最后吃到瓜中心,特别甜脆——当然,如此怪例子,我也就遇到过这么一位罢了。

有的东西得吃新鲜的。以前苏州人吃头刀韭菜,不惜重资,说是头刀韭菜,经了一冬,藏阳蓄气,特别鲜脆有味,随便怎么炒鸡蛋都好吃。杜甫说"夜雨剪春韭,新炊间黄粱",非常美。新剪韭菜绿,炊上米饭黄,刚做的喷香,春天晚上下雨时吃,妙得很。

苏轼有一首诗写春菜,琢磨荠菜配肥白鱼,考虑青蒿和凉饼的问题,想宿酒春睡之后起床,穿鞋子踏田去踩菜。说着说着,就念叨北方苦寒,还是四川老家好,冬天有蔬菜吃。说着说着,想到苦笋和江豚,都要哭了。如果到此为止,看上去也不过像张季鹰的"人生贵适意,怎么能为了求官远走千里而放弃吴中的鲈鱼莼菜羹呢"的调子。苏轼的话没那么超拔,但平实得让人害怕:

"明年投劾径须归,莫待齿摇并发脱。"

家乡的东西永远好吃,但等牙齿没了头发掉了,也吃不出味来了。

人得藏着一些食粮,精神肉体皆是。你饿时,想到冰箱里有肉,柜子里有泡面,望梅止渴,饿劲也缓缓;你焦虑时,想到还有些后路可走,就舒服些。松鼠都知道办些仓储过冬,何况人类是星球统治者,智慧非凡。

但这种做法,多多少少会有问题。每个人都有这样那样的一些事:买了之后,总是一推再推不肯看的书;为防断粮买回来,总也不会拆包的饼干和意面;到处旅游买的一打,当时整理好,日后再也不会打开的照片;过期食物,扔了就好;老了的书,不读也无碍。但有太多事,就这样搁着,可惜了。

每个人或多或少,都存着个虚无缥缈,只有自己珍之藏之的梦想。大多数梦想,并非破灭,而是被推迟,被当作冰箱里的隔夜咖喱,酒柜里的庆祝香槟,"非得到那一天才能享用⋯⋯我们得等到那天"。在未来的某天,阳光灿烂,你无忧无虑,自由自在,可以随心所欲。

但是完美的一天,基本上不存在。辛弃疾一句话就断了所有人的念想:

"莫避春阴上马迟,春来未有不阴时。"

完美的一天终于到了——顺便说句,如果真有那天,那一定不是天气终于万里无云,而是你有许多事已经不在乎了——你打开珍藏的匣子,发现你想做的事,已经被窖藏过期了。

当时的食欲,当时的心境,都过去了。

所以世上事并不都像复仇,搁凉了上桌更有滋味。久搁可惜,不如早吃。倒不是说万事都得趁新鲜吃以便延年益寿,只是趁你还吃得下一切的时候,把能吃的、能做的、能读的、能听的、能爱的,都过一遍。

因为人生的确长得很,但拥有什么都吃得下还愿意吃的好胃口时光,却短暂得多。

少吃多滋味

◇喵小姐

最早听到这句话是从父亲口中,当时谈到为何生活在苦难岁月的太外公居然轻轻松松活过九十岁大关,他总结:"饭吃七分饱呗。"末了,半是陈述半是感叹地补充道"少吃多滋味啊"。在我看来,这最后追加的一句,可谓精辟。

母亲好友的孩子对三文鱼甚是喜爱,出于对外孙的宠爱,负责每日晚餐的老外婆便一口气做了一星期各类三文鱼料理。老人的好意不仅没让孩子喜笑颜开,最后,用小孩儿母亲的话说"他再也不要碰三文鱼了"。

国人历来便有物尽其用的"美德",对于花钱更是如此。掏了钱,盘头就必须要大。于是,"自助餐"文化便开始在坊间大肆流行。大家本着"扶墙进,扶墙出"的原则,豁出命去吃回本才罢休。常听刚从自助餐桌下来的朋友感叹"唉,我吃得都快溢出脑袋了","给我吗丁啉",诸如此类。

这种吃法不仅太过"直接",更似对食物之美的消弭。

笔者曾赴台港求学,身为吃货,置身此二地,其中幸福溢于言表。同为美食天堂,台湾与香港在"少吃多滋味"这件事上的表现也不尽相同,值得拿来说说。

质朴的台湾人在制作食物时,其用料非常足,所谓"非常"是那种让客人即使掏了一百大洋享用了一碗牛肉面都不会觉得亏了的实打实。随处可见的爆浆虾球、薄皮小笼包云云,都是台湾人"实心眼儿"的铁证。此间爆浆、薄皮已绝不再是广告上特技处理后的夸张噱头。作为消费者,这本是极好的,但怪就怪在,依据个人经验,如果把就餐时间作为横轴,满意度作为纵轴,其走势最初大约都是急升的——那是刚落筷时舌尖收获的惊喜,以及内心对师傅用料够有诚意的满足。此后,随着饱腹感的提升,内心的餍足值逐渐趋于平稳,甚至会有小幅回落。究其原因,恐怕是师傅们对盘头尺度的把握稍欠火候。你想,再好吃的东西吃够了,毋宁说吃多了,谁还会有前期的热情呢?

品美食就跟看美女似的,总是在若即若离间,方叫人欲罢不能。这点香港做得尤其出色。

在香港读书那会儿,打着"改善生活"的旗号,每周末都会约上一两个饭搭子前往人气食肆解口舌之欲,其中既有"高大上"的正式餐厅,也不乏油闹闹的街边铺头。这些"饕餮"经历带来的感受,除了味蕾上的满足,另一个惊奇,或者说亮点,便是香港师傅在菜量把握上的"巧妙"。精致的西餐、日料自不必多说,本就主打量少质精;但是,就连一些看似"粗野"的大排档、街边摊似乎也深谙"少吃多滋味"的精髓。一笼虾饺绝不超过四个,一碟肠粉三条足矣,猪润烧卖按个儿卖……拿在华人吃货圈鼎鼎有名的

"九记牛腩"做例子,这个位于中环歌赋街门脸不大,一年四季都要排队的牛腩店,无论是镇店之宝牛爽腩,还是牛筋腩、牛腩,碗碗精彩。四五块质量上乘,大小适度的牛腩伴着一人份的伊面或者拉面,从辅料到主食,都被控制得"刚刚好"。何谓"刚刚好"?其程度就在既不会让食客感觉太少,吃了还饿,但也甭想"吃到爽"。一言以蔽之,在欲罢不能处戛然而止。用一句某大片中的经典台词诠释此中美学,就是"念念不忘,必有回响"。这"回响"产生的直接具象效应,便是此后时常被肚子里的馋虫勾引而来的回头客。

室友是个资深御宅族,平日能坐在椅子上弯腰完成的事绝不轻易起身,饮食也以果腹为精神旨归。自打到了香港,虽不至于隔三岔五,但半个月里也会挣扎着出一趟门,专程转两次地铁前往深水点份虾饺烧卖,又或千里迢迢远赴港岛叫碗拉面,吃个菠萝油。问她:"怎么会愿意特地出门觅食?"答曰:"想了啊!"

醋缸里的中国

◇许石林

贵州黔东南州的西江千户苗寨，街上餐馆的招牌，家家都以"酸汤鱼"为标榜，客人到此，不吃酸汤鱼似乎就有没到此一游之感。店铺里也卖瓶装酸汤，是为本地特产，其汤鲜红如西红柿汁。苗族的酸汤，现在有用西红柿发酵的，但传统上却非此法——西红柿传入中国没那么早。传统的苗寨发酵酸汤，用的是淘米水。苗族小伙子阿龙，曾经在珠三角打工，回去后开了饭店，他的小店位置不临千户苗寨的主街道，很深僻，生意却最好，主打菜仍然是酸汤鱼，他说，苗族人喜食酸，原因是过去盐巴不易得。

广西桂林人家，户户有酸坛子，孩子们放学，放下书包，先揭开酸坛子，用竹扦挑插几块酸菜，如萝卜，一边咬着一边外出玩耍。所以，桂林菜中，酸也是很突出的。

川菜以其辛香厚重而有名，反而使酸在川菜中似乎没有突出的名声。但是，四川阆中却是著名的保宁醋的产地。

山西人喜食醋，可谓天下之冠，醋曰醯，故山西人的外号叫"老醯儿"。山西酒席上，每个人的餐具前面，像广东人通常放一小碟酱油一样，山西人放的是一小碟醋。从前山西人家嫁女儿前，考察男方家境，要数醋缸，醋缸多者，其家必殷实。

陕西人也喜欢吃醋，陕西醋的消费之大，几乎不亚于山西。但是，口味的形成，与生俱来，陕西人吃醋，多不选隔壁山西所产的老陈醋，嫌其有一股浓重的怪味。也几乎不知道另一边隔壁四川的保宁醋。陕西人吃醋，一般用本地自酿的醋，略发黄，好的黄醋居然会泛几星淡淡的油花。关中人对凉菜的讲究，也几乎是登峰造极，而凉菜的关键，或者说灵魂，其实是醋。好好的一碗面或者一盘凉菜，醋用得不合口味，会很让陕西人扫兴，乃至生气的。陕西人到外地吃饭，点了面条，面条将上桌，见醋还没端到面前，会发急。醋一定要在面条上来之前先上来，陕西人吃面，尤其讲究夫子所谓"不得其酱不食"的精神。

大荔县有家面馆，数十年来不增加品种，所卖只有四样：面之外，有凉拌油炸豆腐丝、卤猪肉、月牙锅盔。每天早上10点半开门迎客，至午饭时人挤人，人踩人，卖掉固定的400斤面、两头猪，到下午4点打烊，绝不再延时。关门后，合作者计算好明日买各种食材等的成本，单独存放，其余的钱当天分掉。从前不雇用服务员，现在增加了两个人手，当天发工资。我吃过这家的东西，味道的确如所传扬的那样好。这家的面，匀薄而光筋，其汤鲜醇，其中，最突出的，是这家的醋好。同去的人，吃饱了，一路回味这家的饭菜，个个都说出了关键：嗯——醋好！

醋又名苦酒。这个名字日本现在还用。明代瑞安人虞原璩，很有学问，却不愿做官。当地最高长官、郡守何文渊经常去拜访他，跟他谈文论艺，关系非常好。有一天，两个人谈话至深夜，突然想喝酒，荒村无处可买，何领导的车轿后备厢也没有预备酒。何领导说："没酒，家里有醋吗？"虞原璩笑着端出一坛子醋，在后院剪了一把韭菜，两个人就着韭菜，将一坛子醋当酒喝了。当时，人们把虞原璩和何文渊的交情，称为"醋交"。似这种绝响式的交情，在现代是没有的。

醋是酿酒发生错误，或者说储存粮食、水果发生错误而产生的。我家有一年做醋，将大麦蒸熟吊起，届时加水烧煮，装缸后，却不见产生应有的反应，本来要倒掉，本家六祖母来串门儿，见状，说："先别倒，放几天再看嘛。"结果，一段时间后，奇异的效果出现了，醋缸里洋溢出浓郁的醋香！那一年的醋，是至今最好的醋。

所以，世间万事，皆有难以把握时，常常是越小心越容易出错，原本用心酿酒而或因错成醋。与酒相比，醋是很神秘的，醋也有其自身的品质。

食在他乡,面目全非

◇张佳玮

你去重庆,会发现满街望不到重庆鸡公煲的店面。而武汉也没有久久鸭,美国加州则没有牛肉面。十几年前,李碧华就写专栏认为:扬州炒饭,产地并不在扬州。

这些温暖了全国肠胃的饮食,各有一个被改头换面的,甚至虚构的故乡,为它们的滋味提供一点儿依据。这并不奇怪:全世界都是如此。

比如,北美和欧洲的寿司店,都会正经卖一种叫"加州卷"的寿司,是米饭和紫菜两层翻卷过的,外层蘸蟹子,内层有黄瓜、蟹柳、牛油果,加上蛋黄酱,味道醇浓,姿态威猛。但这个东西,你去京都关西的老牌寿司店,师傅不太愿意做。理由嘛,嗯,加州卷寿司是20世纪70年代,洛杉矶的东京会馆餐厅想出来,哄美国大肚汉们的玩意儿。那时美国人觉得日本的刺身文化匪夷所思,给他们加了牛油果和加州蟹肉,却觉得理所当然;紫菜反卷,是怕美国人嚼不惯紫菜……

美国人最熟的中国菜之一，乃是左将军的鸡，即左公鸡。美国人当然不熟左将军何人，实际上左宗棠自己都未必知道这鸡——左公鸡初起，最靠谱的说法，是其出自厨子彭长贵之手，乃以鸡腿肉切丁炸熟，用辣椒酱油醋姜蒜炒罢勾芡淋麻油，说这是左宗棠家吃的——结果彭师傅没留名，左将军倒成了这鸡的发明者。

《忍者神龟》里，四位龟各自背着文艺复兴时四大宗匠的名号：达·芬奇、米开朗琪罗、拉斐尔和多纳泰罗，于是都爱吃意大利比萨。按官方小说，他们最爱吃馅料丰足，布满蘑菇、三文鱼、色拉米腊肠、青椒，以至看不见馅饼本身的比萨，这其实有些矛盾：意大利人并不爱吃美国那种厚如椅垫，馅料琳琅满目的馅饼。在意大利，你能吃到的意大利比萨，通常薄而简洁，你能一口吃到脆香的面饼，而不是华丽的馅料。

美国英语里有个词，叫作French Fries，法式薯条。但最好的法式薯条，又出在比利时。听来很奇怪，其实三言两语就能说明：薯条本是比利时人所创，但比利时和法国邻近，法国饮食又过于有名，以至于1802年，美国总统托马斯·杰斐逊先生在一次白宫宴会上，吃了"以法国方式处理的土豆"。1856年，沃伦先生的食谱上第一次记录了："把新鲜土豆切成薄片，放进煮开的油中，加一点儿盐，炸到两边都出现淡金褐色，冷却后食用，这就是法式薯条！"这时候，比利时人总不能渡海到美国来揍他们一顿吧？

日本料理里有种玩意儿，叫作天津饭：你一看就会吓一跳，觉得这玩意儿很怪。做法是蟹肉蟹黄加入鸡蛋，加上豆芽、虾仁，放上米饭，再勾芡，乍一看，像华丽版的蛋包饭，还可以配汤。味道是好的，但绝对不是天津风格——吃惯天津的煎饼果子、嘎巴菜、

贴饽饽熬鱼的，都会这么觉得。日本人说，它叫天津饭是因为最初是用著名的天津小站米来做的。日本人还吃中华凉面，但在上海，这种面一般叫作朝鲜冷面。

  当然，你也没法子多说什么。食物总是得因地制宜，而我们所期望的"原汁原味的美食"，往往并不一定符合我们的习惯。德国人的一个笑话是：一个德国人爱吃土耳其旋转烤肉，总是嫌德国的改良烤肉不正宗；真去了伊斯坦布尔回来，一路大骂，一头扎进德式旋转烤肉店就不出来了。

人参的尖叫

◇梁文道

刘翔爱吃海鲜，但是在备战奥运期间，专门照顾他的营养师和大厨却担心鱼虾蟹会弄得他过敏。要知道他可是国宝呀，如果因为饮食不慎影响了状态，谁负得起这个责任呢？于是他们想到了一个既温和又能替他解馋的代替品，他们让他天天吃海参。

是海参，而非人参。虽然传说有不少运动员都拿人参当赛前补品，但刘翔的厨师怕人参或许过不了药检，不敢弄给他吃。这充分说明了人参那暧昧神奇的特质，明明国际奥委会称没有足够证据证明人参会对运动员的表现有影响，可是又有很多临床实验表示它确实可以对抗疲劳。所以有的运动员并不忌讳在赛前服用人参药剂，有的却连碰都不敢碰一下。

人参贸易可是个大买卖，如果把花旗参也算在内，香港人平均每人每年大概要消耗掉半英磅。问题是到目前为止，科学家对它的功效仍然没有达成共识，从坚持传统认为它是草药之王，到批评它

是个千古骗局这两个极端之间,各种互相冲突的说法都有。就算你承认它有药性,也很难摸清楚那是怎么回事。一方面它能降血压,另一方面它又能补血气,仿佛所有彼此矛盾的功效都集中在它身上了。大部分人都觉得这是花旗参和亚洲参的分别,前者宁神,后者温补。可是它们在研究室里显现出来的差异又好像大不到这种程度。

另一种争论和味道有关,主流的看法是人参一开始就被当作药材,但又有人怀疑它本来是种食材。如果吃人参不只是为了疗效,还是为了口味,那么它的味道到底如何?一锅鸡汤有没有下人参,任谁都喝得出来。再清的鸡汤也一定少不了肉脂的油香,人参的甘苦却能把一股清凉注入其中,勾出了丰富的层次。可是大部分西洋美食家却怀疑值不值得为了这种怪异的风味付出那么高昂的代价。很明显,人参乃至一切药膳,都是一种获取的品味,未经训练,不在这个饮食文化中成长,是很难明白它的妙处的。

中国人讲究以形补形,我猜人参之所以是草药之王,原因就在于它不像任何一个人体器官,它长得根本就像一个人。在花旗参原产地,美国伊洛魁部落的语言中,人参叫作Garent-Oguen,意思就是"像人"。太平洋两岸的人都发现它不只形体像人,甚至是一种介乎植物和动物之间的仙灵般的存在。从东北长白山到北卡罗来纳州,到处都有人参会移动的传说。你今天发现了一株,明天它就神奇地消失了。而昨天松林中的一片空地,今天却莫名其妙地长了一株壮大高龄的人参出来。根据植物学家的说法,人参是种懂得假死休眠的植物,能够躲藏在地下好几年,等到附近猎参热潮过了之后,再重新冒头。可是它能行动得这么迅速吗?以前东北的采参人总怕人参会逃跑,一看到它就要恭谨地弯下身子,向它解释自己是好人。北美的印第安人则相信只有人格高尚的人才有资格采参，在哪里挖了一棵就要在原处种回种子和贡品，向它表示敬意。

　　我真的不知道刘翔究竟能不能吃人参，但是我还记得小时候在一家中药行里看见一株人参的情景。它巨大得像个小孩儿，被人用红线绑住手脚，捆在一块包了黄丝布的板上，在光线幽微的玻璃柜子里沉默地面对着我。那里头好像真有点儿什么，一种来自地底的，不能言传的生命感受。

吃在少年时

◇莫言

有人硬说我对军队没有感情,这是让我不能接受的。挂在嘴上的感情多半虚假,藏在心里的才有质量。我当兵之后才真正填饱了肚子,有了一些人的尊严,就冲着这一点,也不敢对军队没有感情。

当兵临走前,村里的几个复员兵来给我传授他们在部队积累的宝贵经验。他们说:如果吃面条,第一碗捞半碗,连吹带搅和,凉得快,吃得也快。吃完这半碗,再去狠狠地盛来冒尖一碗,慢慢地吃。如果第一碗就盛得很满,等你吃完再去捞时,锅里就只剩下汤水了。如碰上吃米饭,万万不可咀嚼,只要一咀嚼,南方兵就发笑。我到了部队,才发现那些复员兵纯粹是在胡说八道。新兵连生活差一些,分到新单位,简直就是上了天堂。我们那单位,只有十几个人,却种了五十多亩地,每年种两季,一季小麦,一季玉米。小麦磨成精粉(我们只吃精粉),玉米用来喂猪。你就想想我们那单位的生活吧。战友的父亲来队吃了几天,感叹不已,道:"什么是共产主义?这就是了。"

我从新兵连下到新单位,第一顿吃了八个馒头,自觉不好意思,更怕给领导造成不良印象,影响了进步,才意犹未尽地住了嘴。就这样也把炊事班长吓了一跳,跑去向管理员汇报情况,说:"管理员,大事不好了!"管理员说:"有什么大事不好了,难道是鬼子又进了村子吗?"炊事班长说:"鬼子倒是没有进村,但是来了几个新兵,个个都是饭桶,吃得最少的那个,一顿饭还吃了八个馒头。"管理员说:"我就怕他们不能吃,能吃的兵必能干,不能吃的也不能干,我们的粮食大大的有。明天就给我杀猪,给这几个小子油油肠子。"第二天果然宰了一头大肥猪,切成拳头大的块儿,红烧了半锅。馒头是新蒸的,白得像雪花膏似的,猪肉炖得稀烂,入口就会融化。啥叫幸福?啥叫感激涕零?啥叫欣喜若狂?这就是了。这顿饭吃罢,我们几个新兵,走起路来都有些摇摇晃晃,吃猪肉吃醉了。我个人的感觉是肚腹沉重,宛若怀了一窝猪崽。这一顿真正叫过瘾。二十年来第一次,就此逝世也不冤枉。但后遗症很大,我整夜在球场上溜达,一股股的荤油像小蛇一样,沿着喉咙往上爬,嗓子眼像被小刀子割着似的。第二天还是大白馒头红烧肉,我们开始羞羞答答,挑拣瘦肉吃,吃起来也有些文质彬彬了。管理员骂道:"原以为来了几条梁山好汉,却原来也是些软蛋。"

又过了几十年,当我成了所谓的"作家"之后,在一些宴席上,又吃到了蚂蚱、蟋蟀、豆虫等昆虫,又吃到了当年吃坏了胃口的野草、野菜,满桌的鸡鸭鱼肉反而无人问津。村里的首富,竟是一个养虫的专业户。我想,怪不得哲人们说两极相通,原来饿极了和饱极了都要吃草木虫鱼,就像北极和南极都是冰天雪地一样。

杀馋

◇董改正

馋本义是面对食物流口水，引申为贪嘴，再引申为羡慕。逸言也是因为羡慕嫉妒，后来变成恨，这就不如那只说葡萄酸的狐狸了。

馋的状态最好，将得而未得，充满期待、遐想，就像初恋前两人都有意，却未表白，那种辗转反侧，最是销魂。但是，馋是不稳定的状态，它是以实现为心理背景的。实现了，馋就变成了满足，比如说张翰，闻到空气中莼鲈的香气，毅然辞官回家，那一顿吃，肯定惊煞他人，却也了结了这种状态。实现不了，成了绝望，反而不想了，直到下一次触发。

李逵动辄说："嘴里淡出鸟来！"若是天天吃，哪里还有这么生动的想象。馋鸟没见过，馋虫倒是经常听说，却不知是个什么样子，它活动的主要位置是在心头，其次才是在嘴里、喉头。这种虫子我是很熟悉的，年少时，因为物质贫乏，加上嗅觉和想象力颇为发达，它们便经常在心上滋生，最大的反应是舌下生津，汩汩不绝，吞咽有声。别的病都会引起同情，这种心病却往往引起讪笑，是以不能哼哼唧唧，颇难消磨。

便觉得馋是可恨的。非独是我，乡亲们都痛恨它，咬牙切齿地要"杀馋"。但是能够"开战"的物质基础几乎没有，寻常饭菜能吃饱就谢天了，哪里能够杀馋？只有每年小年前后，家家都要杀年猪，才能雪耻。那一天家家烟囱都冒青烟，是木柴烟，普通柴火不行，炖猪头猪脚要烧一天，整个村庄都缭绕着肉香。馋虫知道自己性命堪虞，使劲地钻来钻去。馋已到必杀境地。

战争先是局部的，趁母亲不注意，拈起一块大排，左手换右手倒腾，烫啊！母亲笑嗔，任我们去，反正锅里多的是。等到大碗肉上桌，我们已吃不下去了，馋虫被消灭得干干净净，以至于整个正月，不思肉味。

这样的杀馋，毕全功于一役，颇得集中优势兵力的心得，只是苦了肠胃。记得小戏《荞麦记》中，外婆不给随母拜寿的外甥吃肉，说是怕吃坏了，是讽刺的。那时候恨得牙痒痒，现在想来不无道理。我的肠胃修炼好了，生猛也吃得，可是再也没有那种急色。是心钝了，味蕾枯了，想象力枯竭了，对这个世界不新奇了？还是年少时年年杀馋，把馋虫都杀死了呢？

又到了年底，怀念远去的村庄、贫瘠的岁月，怀念馋。馋虫真该留一两条啊。

你是你吃的东西造出来的

◇蔡澜

我一直相信，你是你吃的东西造出来的。

东方人较西方人矮小，完全是因为我们吃米，他们吃面。所有用面粉做的食物，都能令人类的个子高大，我虽然不是营养学家，没有什么数据来做论点，但是我能提出推翻不了的实例。

举个最简单的，我们在大陆、香港和台湾的父母，一般身高都不高，但我们生的子女，如果从小送去美国念书，他们都会长出魁梧的身材来，这是为什么？还不证明了和食物有关？

在美国，孩子每天吃面包，加上喝有营养的牛奶和吃一大堆的汉堡包热狗等垃圾食物，男人个个都长得像篮球健将，女的皆有做时装模特儿的躯体。

当然也有例外的，因人体基因，有些长得不高就不高，像某些美国人，如活地·亚伦一样瘦小的也有，但属于少数。

罪魁祸首应该是米饭，炊起来是那么难的，要先洗米、生火、进锅，煮后还不能即刻就吃，等待蒸汽把米粒焗个全熟。肚子饿时等米煮好，等个半天，饥饿的感觉就消失了，不会吃得多了。

另一方面，面就不同。看中东人做，把面粉加水搓成面团，往挂炉的热壁上一贴，一下子发胀，一块薄饼就完成了，马上吃将起来，怪不得他们的身体一个个都比东方人高大。

中国的山东人也吃面，所以山东人也比广东人高大，不只高大，而且美。你看林青霞和巩俐，不就是山东女神吗？

当今香港约有十万个印尼家务助理，你星期天到她们集中的维多利亚公园看一看，个个个子都很矮小。

为什么？吃米的呀，穷呀。

营养不足，身体就矮小啦，这是理所当然的事。吃不够饱的人，一代传一代，就矮了。像柬埔寨等国人都很矮。菲律宾就不同了，菲律宾虽穷，但土地肥沃，吃没有什么问题，所以从前聘用过的菲佣，比你当今用的印尼家务助理还要高大。

另一个更明显的例子就是日本人，战前的日本人都矮。除此之外，他们还不会吃肉，以鱼为生，更变本加厉地矮小。

战后，他们在美国影响之下，开始吃面包和牛奶，身体就逐渐高大起来。在小学里，他们有配食制度，注重营养之外，还针对各种身体的缺陷进行改善。像他们发现学生们个个都近视，到底为什么？研究结果，在食物中加了奥米伽3，近视就减少了。

反观香港的学生，就没有政府去纠正他们的食物，最后个个都戴眼镜，和日本人一比，不是更能证明你是你吃的东西造成的吗？

除了食物，生活习惯也能改变人类的体形，从前的日本女子小腿都很粗大，称之为大根足。大根就是萝卜，足为腿也。那是因为

她们都跪在榻榻米上,把身体压着脚,脚就粗了。当今她们已坐椅子了,所以到了日本,你会发现她们的腿修长起来。

意林精品图书推荐

《那个神秘的宣愉小姐》
简介：心理分析小说，一次亲情伤痛造成的人格分裂，一场守护爱情的计划……
定价：32.80元

《对方正在输入中》
简介：她是否能从他涨红的脸颊看到他比阿尔卑斯山还强大的内心，让他的病只为你发作。
定价：29.80元

《你是年少的欢喜，喜欢的少年是你》
简介：古风作家吾玉打造都市清风之作，告诉你，如何学着去爱一个人。
定价：29.80元

《余生请对我好一点》
简介：时光回望，今日的纠葛，竟好似还了往日的债。
定价：32.80元

告白的书·系列

《比心》
简介：暗恋被冷酷拒绝，离开却突然收到女孩的短信，只有一行字，却让他笑了……
定价：32.80元

《从此晚安我自己》
简介：95后作家何家豪青春成人礼童话，将16个故事，说给长大成人的你！
定价：29.80元

《我不愿让你一个人走过青春的荒芜》
简介：写给你深情的告白书，15篇故事，有作者的亲身经历，也有勾勒的世间温暖。
定价：29.80元

《你是久爱，亦是心欢》
简介：青春与梦想，爱和守护，孤冷少女与霸道饲少相爱相杀深情上演。
定价：32.80元

告白的书·系列

《胭脂将》
简介：魔幻江湖的纷乱，胭脂女将的传奇！
定价：32.80元

《一两江湖之望星记》
简介：古风作家一两打造全新江湖，一醉江湖三十春，尽在《望星记》！
定价：29.80元

《一两江湖之琵琶误》
简介：家仇国恨，爱上不该爱的敌国先锋，如何面对这生死纠缠的爱情？
定价：29.80元

《月光蒲苇①·夜阑时》
简介：阴谋、友情、爱情，上古四神的恩怨，今生能否化解？
定价：32.80元

新武侠·系列

《世界的另一个你》
简介：18岁少女的奇幻冒险，唯美魔幻的童话世界，寻找世界的另一个你！
定价：32.80元

《绯色黎明》
简介：人类并不孤单，在黑暗种族的环伺下，被掩盖的真相等着你去探寻。
定价：32.80元

《这一杯，我敬的是年少无知》
简介：悬疑作家何慕青心打造的都市心理悬疑成长小说集。
定价：32.80元

《我的人生无须证明给你看》
简介：是选择梦想，还是安于现状？马叔用这些故事告诉你答案。
定价：32.80元

心灵成长·系列

多味之恋
简介：七彩青春，多味之恋，寻找曾经错过的小美好。
定价：29.80元/册

十八而志
简介：十八岁之前的远大志向，决定了十八岁之后的梦想人生。
定价：29.80元/册

深夜暖心
简介：青春絮语，灯下最好的陪伴，马叔、张芸欣、冷亦蓝深夜暖心之作。
定价：29.80元/册

初心讲义
简介：初心故事讲给你听，拥有一个又一个的小温暖。
定价：29.80元/册

套装精选

意林精品图书推荐

《我不成仙 一 断尘绝念》
简介：不想成仙却毅然修仙，她见愁只想有朝一日对那人说："纵你成仙，亦不可逃！"
定价：28.80元

《我不成仙 二 杀红小界》
简介：血衣作战袍，刻骨为利刃。她的通天坦途，便是他的穷途末路！
定价：28.80元

《我不成仙 三 流星赶月》
简介：敏锐与直觉，无一欠缺；缜密与果决，兼而有之。力敌群雄者，舍她其谁！
定价：28.80元

《我不成仙 四 鏖战空海》
简介：为成大道，葬痴情、斩尘缘者有之，可若寻仙问道是这般模样，她宁愿永不成仙！
定价：28.80元

《我不成仙 五 舍我其谁》
简介：见愁者，无限潜力，无限战力！斩断过去，分割今昔。她的世界，只有未来！
定价：28.80元

《禁域①墓地神婴》
简介：皇者重现世间，只为触底反击，再创传奇！踏越乾坤纵横时空，禁域绝密即将揭晓！
定价：28.80元

《禁域②宗门斗者》
简介：扶桑谷内迷雾重重，时间长河、神秘女子……时空彼端，究竟有着怎样的秘密？
定价：28.80元

《禁域③王者遣风》
简介：阳眼界，一个神奇的虚拟世界，浮生为赤钻来到这里，却发现了更惊人的秘密。
定价：28.80元

《符神传说①斩焰少年行》
简介：接通元灵符界，交易、对战、派单……现实与虚拟之间，体味什么叫酣畅淋漓！
定价：28.80元

《符神传说②东川起风云》
简介：逆转鬼煞岭、人蛮荒探迷城，跨越空间界限，开启度奇幻热血征程！
定价：28.80元

《符神传说③刀芒惊天下》
简介：巧逛黑狱筑识海，烈焱龙雀惊天下。勇探天符浩土，领略异闻传奇！
定价：28.80元

《符神传说④地下悬赏令》
简介：妖族斗南洲，符驱四方见奇谋。游历异界空间，探索奥妙人生！
定价：28.80元

《雪鹰领主1》
简介：我吃西红柿全新力作！少年骑士惊世崛起，铸就为人类荣誉而战的英雄传说！
定价：29.80元

《雪鹰领主2》
简介：圣级超凡，初露峥嵘，打造热血沸腾的传奇武侠世界！
定价：29.80元

《决战星座学院1》
简介：为00后读者量身定制的校园星座魔法书，超反转、超疯狂的校园大作战，开始！
定价：29.80元

《浮玉仙魔》（全一册）
简介：跨越六界的情仇离合，仙家养成，爆笑开演！看一代魔尊，如何搅翻浮玉仙山！
定价：29.80元

《倾世萌狐》（全三册）
简介：任他天道严酷，你始终是我无法断的"情"，难以绝之"爱"。
定价：29.80元

《我的画风不太对》（全二册）
简介：一不小心成了外星玩家的目标对象！千回百转的拼图游戏，谁是最终赢家？
定价：29.80元

《灵犀》（全二册）
简介：取《山海经》之精髓，谱一曲荡气回肠、龙狐相随的深情恋歌！
定价：29.80元

《仙萌奇缘》（全二册）
简介：迷糊弟子"约架"冷傲少主，无厘头话本奇袭玄天剑宗，非正统仙侠大戏反转上演！
定价：29.80元